静处在光阴的拐角

张春岭 著

民主与建设出版社
·北京·

© 民主与建设出版社，2021

图书在版编目 (CIP) 数据

静处在光阴的拐角 / 张春岭著 . —北京：民主与建设出版社，2021.6
ISBN 978-7-5139-3512-8

Ⅰ.①静… Ⅱ.①张… Ⅲ.①散文集－中国－当代 Ⅳ.① I267

中国版本图书馆 CIP 数据核字（2021）第 073681 号

静处在光阴的拐角
JINGCHUZAI GUANGYIN DE GUAIJIAO

著　　者	张春岭
责任编辑	周佩芳
封面设计	陈　姝
出版发行	民主与建设出版社有限责任公司
电　　话	（010）59417747　59419778
社　　址	北京市海淀区西三环中路 10 号望海楼 E 座 7 层
邮　　编	100142
印　　刷	三河市长城印刷有限公司
版　　次	2021 年 7 月第 1 版
印　　次	2021 年 7 月第 1 次印刷
开　　本	710 毫米 ×1000 毫米　1/16
印　　张	13.5
字　　数	210 千字
书　　号	ISBN 978-7-5139-3512-8
定　　价	53.00 元

注：如有印、装质量问题，请与出版社联系。

目 录

第一辑　草木芳华
杏花往事　002
茶花姻缘　005
桃花语　008
竹之缘　011
彼岸花开　014
残荷秋韵　017
远志　020
花之缘　023
角落的花　026
夏花记　029
我爱这段林荫路　038

第二辑　闲情偶寄
静处在光阴的拐角　042
爱如瑕玉　045
简单就好　048
涵养宽容　051
遥想星空　053
愿生活静好　055
细节的感动　058

没有理由，那才是真喜欢！　061
美丽需要距离　063
平稳就好　065
生活的度　067
意外有时很美丽　069
清浅　072
黑白之间　074
月白　076
中年随想　079
没有遮阳伞的女孩儿只能不停奔跑　084

第三辑　邂逅风景

孤鹤轩前一沈园　088
戴河园赏荷记　091
心约避暑山庄　094
禅意普宁寺　098
走近棒槌山　101
静卧群山万籁轻　104
行走在南锣鼓巷里　107
走马大青山　109
西湖册页　112
秋天的节奏　115

第四辑　四时风物

四季的辩证　118
儿时的端阳　121
大暑时节　124
小暑　127
秋天的风物　130
秋雨即景　133
却道天凉好个秋　136
白露　139
寒露　141
小雪　144
大雪　147
腊八的记忆　149
遥远的年味　151
春节的记忆　154

第五辑　迤逦往事

妈妈的味道　158
读书往事　161
打方包　165
父亲留下的一本老字典　168
高考的时空　171

贾石老师纪年　175
看《射雕英雄传》的日子　180
骑着单车出行　183
遇见　186

第六辑　一枕书香

既然是命运，又何必抗争　192
乱世里的一段轰轰烈烈的爱情　195
战火里的几段田园往事　199
林教头的爱情　202
以草为歌　205

第一辑　草木芳华

杏花往事

杏有梅韵，那瓣，那蕊，恰若梅花。

在单位打印室的南侧，一株杏在早春料峭的春风里开放，白色中晕着微红。因不能常见阳光的缘故，枝干长得细长，花开得疏落，恰逢清明飘雪，这株杏像极了傲雪的冬梅。

江南既有杏，也有梅。梅像是书香门第的闺秀，杏更像是生于乡野的女子，素颜中有着原生态的美致，又不失闺阁的神韵，会让人想起"小楼一夜听春雨，深巷明朝卖杏花"的句子来。小楼、春雨、深巷、杏花，四个意象里蕴含着丝丝的轻灵和淡淡的哀伤。彼时的陆放翁无聊地滞留在杭州，一夜枕上听雨，辗转反侧里期待着明朝叫卖杏花的女子——这女子该是穿着蜡染的小褂，拎着竹编的小篮，篮中一枝枝杏花含苞。她用婉约的吴侬软语，售卖着临安城早春的讯息。读及此时，在皇城根下的陆放翁，心恐怕早已经回到了盛放着杏花的家乡的原野，去深味江南早春的景色了。

这让我想起了那年乘车在太行山里穿行。早春的太行，枯草萧索，尚未见春天的气息。但是翻过一道山梁，山阳之侧，和缓的山坡上点缀着一株株的杏，杏花正当芳菲，像是在枯黄的画布上画上的点点白中晕红的色彩，这色彩一下子点亮了枯黄的原野，也渲染了颠簸的旅程，更抚慰了疲惫的身心。

司机很可人地停下了车。大家下车，在一片杏花前伸展腰身，对视着杏花，呼吸着早春的气息。杏装点着山，也装点着山窝窝里的几户人家——青石砌成的房屋，错落有致，但见房前屋后，皆被杏花所荫，一派田园的气息，拖住了人们的心灵。真想归隐此处，学着林和靖，以杏为妻可好？

小时候，老宅的旁侧有棵老杏树，朝东荫着西配房的墙角屋檐，朝西临着一片菜园。记忆中那棵杏树那样的苍老，虬枝铁干般，有着梅的身姿。她的枝干上常常流下透明的胶体，像是一滴滴的琥珀，她枝疏叶少，疏影横斜地倚在小园的一角。父亲用辘轳浇菜，浇完地后，将最后一斗水洒在脚上，一边洗去脚上的泥土，一边对大伯说："伐掉这棵杏树吧，老了，不挂果了！"于是他们哥俩拿来锯子，放倒了这棵年迈的杏树。

我心里老是不舍，还是想看她春天开花的样子。在杏树轰然倒地后，我捡拾了一捧嫩枝。插在房后一个盛满雨水的瓦罐里，期待明年春天开出一罐杏花来。秋去冬来，我很少到屋后去，也忘却了我遗留在屋后的那份春天的期盼。来年的清明，我偶然去屋后，但见瓦罐里一束杏花含苞，杏凭着一罐雨水，再次花开，也开出来那株老杏树的余韵。梅是要插在梅瓶里的，那样才般配；而杏就该插在这废弃的瓦罐中，这样极好。

电视剧《西游记》里也有一枝杏花，让我久久难忘。《西游记》的妖怪多是青面獠牙的形象，都想吃唐僧肉，可是偏偏有一位想得到唐僧的杏仙，她手拈一枝红杏，翩然起舞——桃李芳菲梨花笑，怎比我枝头春意闹……田间野外，红袖添香，要不是悟空、八戒等及时赶到，我觉得唐僧可能会放弃取经，去成全杏仙的那份爱的渴望。唐僧心里一定怪悟空来的不是时候，有一株红杏在侧，又何必西天万里遥呢？

那一年，在曲阜见到了孔子的讲坛，名曰杏坛。《庄子》里说："孔子游于缁帏之林，休坐乎杏坛之上。弟子读书，孔子弦歌鼓琴。"杏在这里拥有了文化的庄严。我一直在寻找杏与儒家文化的关系，探寻其中的象征意义，一番探寻后，觉得孔子的讲坛有杏，或许是一种巧合，或许是孔子如我一般对杏花有着偏爱。杏坛归来，我觉得在一所学校里面就该植上几棵杏树。

今天清明，我在校园里见到了雪中的杏花，觉得她开得其所，也分外光明！

茶花姻缘

世上有茶花，也有花茶，想来茶和花有着千年的缘分，如牵手走过的一对恋人。

据说雅士喝茶，要在黄昏时分，把茶叶放在快要收拢的荷蕊中。次日清晨，待荷花刚刚绽开花瓣，便去收带着露水的茶叶，沏了，清香满室。

其实这还不算雅致，雅致的当属《红楼梦》中的妙玉，她招待宝玉的那壶"梅花雪"，是收集了梅花上的雪水，埋入地下五年，取来泡茶。梅花的冷艳，雪水的清冽，加上绿茶的清寒，未启唇齿，已经是香气渺渺，心神皆爽了。

无论茶和其他花有多少"绯闻情事"，但我觉得，他还是钟情于茉莉。以前听说茉莉熏茶，总以为是用茉莉去蒸、去煮。那一年去杭州，看过了茉莉熏茶，才知道熏茶是世界上最雅致的一份劳作——先将含苞的茉莉花蕾采摘下来，和上一大包上等的绿茶，让她们相拥相伴。夜深人静时，茉莉花蕾慢慢地打开了白色的花瓣，吐出几丝沾着浅黄色花粉的细蕊，温柔地亲吻着带着青草味的绿茶，并将满腹的香气呵出，芬芳着身旁的茶叶，在与茶的相互温存拥抱中，形成了世间最浪漫的茶品。我常想，那茉莉辞树，前来熏茶时，应是茉莉出嫁的日子吧，茉莉其实是嫁给了世间最为清雅的学子，那学子青青子衿，乳白色的方巾裹头，儒雅不俗。

世间花事繁多，为什么这位青青儒子却独独选中了茉莉呢？

读杨万里的《咏桂》："不是人间种，移从月中来，广寒香一点，吹得满山开。"总觉得写桂花的香气，有点夸张了。直到自己种了一株桂花，待得八月丹桂飘香，一簇簇看上去很不起眼的乳白淡黄的桂花，散发的香气却霸占了客厅所有的空间，花虽不艳，但香气馥郁，如一个外表平淡而内心火热的女子，在静静的秋阳下，给了你一个热情而香艳的拥抱。而那位儒雅的学子，无论如何也不会接受这样的一份热情。后来读毛泽东的《蝶恋花·答李淑一》，当读到"问讯吴刚何所有，吴刚捧出桂花酒"时，才知道桂花早已经和酒结缘，细想这份姻缘还算般配，如此浓烈的花香，只能配同样浓烈的酒。

也曾去过浙江的桐乡，正值杭白菊苞蕾芬芳的季节，满地的白花堆积，素淡了整个心灵。那菊花，集合起来有千军万马的气势，独自散布于田野、山坡，则有着孤傲不群的气韵。茶和菊，一个在春天里，着一件青衫，捧着一本线装书，吟诵着"关关雎鸠，在河之洲"；一个在清秋佳日，披着一条洁白的纱巾，展示着秋露洗过的容颜。我终于明白了，是时空的交错，将茶与菊彼此的淡雅，画成了两条长长的平行线。

只有那洁白于枝头的一团茉莉，在草长莺飞的三月里，从南国漫山的云雾中，与那青青学子牵手走来，脱俗地结合在一起，一同去试人间的烟火。突然想起了苏轼的词句："休对故人思故国，且将新火试新茶。"看来茶可以解思乡的情愫。据说茉莉是突尼斯的国花，象征着爱情，而茶与茉莉在南国的烟雨中牵手，这一牵就是两千年呀！

两千年前,一条商路将丝绸、瓷器和茶运到了西方,也将一份中庸的文化传到了西方。两千年后,贾科莫·普契尼也将东方的一段舒缓典雅的旋律融合在高雅大气的咏叹调中:"好一朵美丽的茉莉花,芬芳美丽满枝丫……"我常想,在维也纳的歌剧大厅里,喝着上品的茉莉花茶,欣赏着歌剧《图兰朵》,这是多么别致的一种风情啊!

都说小孩喜欢可乐,青年人喜欢咖啡,中年人喜欢喝茶。可乐是童年的甜蜜,咖啡是青年的时尚,而茶是一份中年的深沉和淡雅!

中年的我,也喜欢在午后静静的阳光下,泡上一杯花茶,看着不断舒展开的茶叶,慢慢闲适地沉到杯底。这常让我想起中年的日子——我们用青春的打拼折算出生命的价值,知晓了事业的高度,也知道在未来生命的原野上,该踏出怎样的一行脚印,这就是孔子说的不惑的境界吧。当然中年的日子也有上有老下有小的狼狈,但身畔有妻,在时间的臂弯里,呵护着一份淳厚的亲情,氤氲着茉莉般淡淡的爱情。看着膝下的儿女,如小树般疯狂地成长,复制着我们曾经的过往,喝着可乐和咖啡,享受着属于他们的甜蜜和时尚。这是平常人的日子,是芸芸众生的人生轨迹,恰如一枝在枝头静静开放的茉莉,我将其和在拼搏了二十年的青春记忆中,去熏出一捧上品的生命的花茶。

我越来越喜欢喝茉莉花茶了,更喜欢这样的一段茶花姻缘。

桃花语

有人说，桃花有媚气。

记得上高中时候，电视里正播放 83 版的《射雕英雄传》。被称为东邪的黄药师，在没有出场之前，我想他一定住在一个阴森森的山洞里。出场了，却是住在一个叫桃花岛的地方，岛上桃花盛开，可以为阵，但觉不出一点杀气，倒是有一点列队欢迎来客的意味。在桃花掩映的山洞里，还隐藏着一份烂漫和坚贞——冰清玉洁的床上停放着东邪早已仙逝的妻子，他每天和已故妻子对话闲聊，坚守着一份已经逝去的爱，也期待着自己的功力可以让妻子起死回生，让爱情延续。此情此景，心里有莫名的感动，想着那桃花树下，花枝侧畔，有着盖世武功的少年和桃花如面的女子发出了爱情的誓言——在领略了江湖险恶之后，退出江湖，淡出武林，只在这里种桃植柳，收获他们的爱情。而这个小岛可是那位冰床上的女子，为他们的爱情选择的一块世外桃源？

在我们这儿，桃花是春天最后的花，是春天落寞的身影。"人间四月芳菲尽，山寺桃花始盛开。长恨春归无觅处，不知转入此中来。"初听白居易的这首诗是从地理老师那儿,他用极有磁性的男中音诵读这首《大林寺桃花》,听着有些恍惚,有一种地理老师上语文课的荒诞感。而他提出问题又带着高度的专业色彩——是什么原因造成桃花延迟开放的呢?是垂直地带性。自问自答中,诗歌韵味烟消云散了,但没能将我从那首诗歌里带出来——带着伤春的遗憾来到大林寺的白居易,收获了一份惊喜。初夏时节里有着对春天的不舍和眷恋,而在一个可以遥望南山的地方,在晨钟暮鼓的和鸣里,依然可以看到一片桃花,这有着穿越意味的发现,抚慰着韶华已逝的孤独。

面对桃花,最孤独的是崔护。"去年今日此门中,人面桃花相映红。人面不知何处去,桃花依旧笑春风。"去年今日,崔护看到的是那妙龄女子如桃花般的美艳,艳到了他的心里。今年此时,桃花依旧含笑,春风依旧温柔,但时光已逝,红颜难觅,只剩下了无尽的闲愁和孤独。从此以后,我每见到桃花,觉得在妩媚之后,是一段逝去的日子,面目依旧清晰,但是时间的维度已然将我们撑到了生命的更远处,如落下的桃花瓣,随着一条小溪,窅然远去。每每读到此处,耳畔就响起京剧《捉放曹》的旋律来,京腔京韵地——这才是花随水水不能恋花……

武陵的溪水里飘着的一瓣瓣的桃花,吸引了一个打鱼人。于是桃花成了一介信使,将那远离人世喧嚣的桃花源介绍给了世人,在世事艰难里,这条飘着桃花的小溪的源头,成了人们心灵的避难所。在一个"不知有汉,无论魏晋"的地方,桃花自然而然地开着,自然而然地落下,闲适而安然,绝没有花自飘零水自流的愁绪。

大学毕业的时候,写关于《三国演义》的论文,总想起涿州城外那片桃花盛开的园子。一份兄弟的情分在桃园里发酵,酵成了改变历史的永恒。为什么刘备三人要选择一片桃园呢?是为了将一份侠骨,糅进桃花般的柔情,还是在那个动荡的岁月里,让桃花灿烂出一份人性?总之那片桃花,刚柔兼容的美!

见到江南的桃花，是在秦淮河畔。喜欢江南的黛瓦白墙，一种失去比例的美，白墙占据了视野的绝大部分，几片青瓦陪衬白墙，像是给那份江南的朴素戴上了一顶浅浅的小帽。墙下几株碧桃盛开，如画家用水墨铺陈一番后，用胭脂红轻轻点上一般。一个在秦淮河的桨声灯影里生活的风尘女子李香君，自然是艳若桃花了。这份艳丽倾倒了侯方域的心，也将一份因抗争留下的血红绘成一把桃花折扇。本可期盼着从良的日子，过着红袖添香夜读书的生活。可她偏偏将一份须眉才能承担的气节，挑在自己的肩头。那把桃花扇是才子佳人的今生约定，也是一份至柔至刚的情怀。有明一代，在那个风雨飘摇的日子里，秦淮河上那几个奇女子——柳如是、董小宛……个个如河畔的桃花，在秦淮河的波光里，在男人们猥亵的眼神里，在清廷八旗的铁蹄下，张扬着寒梅般的傲骨，否定着杜牧的关于秦淮河的千古诗句。

　　老家的房前有几棵桃树，是我亲手栽的。后来离家求学，毕业后又在异乡工作，在桃树花期正盛时从来没有回过家，总是在桃花盛开的季节里牵挂着，于是打电话问，桃树开花了吧？一定很美吧？那个用红砖砌成的柴火小院，在春末夏初之时，一定因为这两树桃花儿而敞亮光鲜。桃花也该开在这样的小院里，烟腾火气地。

　　桃花媚了谁呢？武林的高手，诗坛的雅士，叱咤的将军，还是风尘中的佳人？无论谁都是人世间里的一个身影，从烟腾火气中走来，威武、超群、高雅、别致，但也平淡，世俗……

竹之缘

生在北方，我却与竹有缘。

接触竹子，是在小学二年级，老师讲成语雨后春笋：春笋在雨后生长比较快，一群人在竹林歇息，却被竹笋顶着了屁股。我们一番唏嘘，接着便是一番开心的笑。这竹子是什么样儿的呢？

初中时，学鲁迅先生的《孔乙己》，又遇到了竹笋：孔乙己总是在咸亨酒店点两个看家菜——一盘五香豆，一盘腌竹笋。原来竹笋还是一道美味，当时想，这腌竹笋和我们吃的腌萝卜哪一个更好吃呢？多年后我才有了答案：吃腌萝卜，一定要在土坯砌成的黄土小院里，喝着一大花碗棒子面糊糊，那才有味道；而吃腌竹笋，则需在江南的竹楼里，吃着一小碗精致的薏米莲子粥，那才有韵味。

小时候看电影《闪闪的红星》，见潘冬子坐在竹排上，顺江而下。"小小竹排江中游，巍巍青山两岸走……"景与歌协调着，是那个时代最美的MV。两岸青山，翠竹苍苍，那氤氲的竹韵，曾长时间地萦绕在我的脑海里。

小时候过年，都要买一张以明星照片为卖点的日历，刘晓庆、朱琳、娜仁花、倪萍等都是有资格上日历的。而那年我奉命去年集上买日历，却看到了一幅风中的墨竹，画家用浓浓淡淡的笔墨，画出了竹子的挺拔，竹叶的婆娑。迎风处，一对小麻雀欲穿林而过：真是动感十足，活灵活现。

买了！毫不犹豫！

回家贴上。四个姐姐们都批判了一遍——大过年的，不买一点喜庆的年画，买这么一张黑乎乎的竹子，不好看！她们文艺批评的标准出奇地统一。而我偏偏喜欢，观此画，总觉得微风习习，竹声阵阵，我也愿意在竹声、竹韵里寻找着知己。

其实人生知己难遇。上大学学建安文学时，知道有七个人常聚于竹林，吟诗谈玄，放纵心性，被人们称为"竹林七贤"。人已贤达，且以竹为伴，我觉得这是世界上最雅致的一群，虽遭司马氏的压制，依然保持着竹的气节，让人怀想，也让人敬仰。于是常常幻想着与他们高歌一曲《酒德颂》，畅饮一杯竹叶青。

竹叶青，产自于杏花村里。杏花春雨里，畅饮竹叶青，怎么着都是难得的人生境况，这境况让唐代的白居易很是陶醉，读《白氏长庆集》，喜欢那首《忆江南》——"江南忆，其次忆吴宫，吴酒一杯春竹叶，吴娃双舞醉芙蓉，早晚复相逢。"那叫春竹叶的酒，定是美酒，那酒香会从那册线装的《白氏长庆集》中慢慢地溢出。

喜欢看李亚鹏版的《笑傲江湖》，李亚鹏扮演的令狐冲和许晴扮演的圣姑相逢在一片竹林里，林中琴声悠悠，鸟鸣悦耳，那是远离江湖的一片安静，暂别了正邪，摒弃了名利，此时的竹林中只剩下了纯粹的爱情。

我与竹相逢，是在多年后，我未老，竹正青。

那一年从黄山下来，一条小溪潺潺，从一块块的巨石的脚丫缝隙间欢快地流下。夹岸翠竹参天——笔直的干，均匀的节，婆娑的叶，迎风窸窸窣窣地响着，一下子清新了下山时疲劳的身心，雅致了这一带的山水。

啊——一种知音终见，宝黛相逢之感，在心中油然而生，与你相知多年，而今在一方山野邂逅，相视无言，但觉仰慕太久，相见恨晚。

此后，去南方，目光所及，多是寻找苍翠的一丛翠竹。在深圳的茶溪谷，南国的雨下得极有韧劲儿，一上午都是淅淅沥沥地下着，将一份游览的愉悦洇润成了一塌糊涂的懊恼。撑着伞，沿着山路慢慢地走，发现小溪上横跨着一架红色的彩钢小桥，而小桥又掩映在一片翠竹当中。雨中，翠竹俯首，似乎和小桥温存；小桥仰视，似乎与翠竹对视。在这里翠竹虹桥协调成了至美。于是我不停地用手机去拍，只为将这片翠竹之韵带走。同行者说："张老师是竹子控，见了竹子就显出了不同以往的精气神来。"

对于竹，我爱之切，于是我有了苏轼的情怀——可以食无肉，不可以居无竹。在一个春雨缠绵的早上，在单位的一片竹林里，我挥锹铲土，挖来了三竿竹苗，移栽到了一个半米高的大花盆里，期待着春笋冒尖，长成一片竹林。一天，两天……竹叶慢慢地枯黄，慢慢地零落了。竹似乎更喜欢外面的那方天地，那里有风，有雨，有阳光。于是我不再移栽，再移栽便是暴殄天物了。疲惫时，我便去寻那片竹林，与竹相晤，不为别的，只为与生俱来的这份缘分！

我常想，有朝一日，拥有竹林一片，竹椅一把，茶一盏，诗一卷，与诤友几人深谈，那当甚好！

彼岸花开

相传彼岸花，开一千年，落一千年，花叶永不相见。

正直阳春三月，漫步于单位的花园小径。但见玉兰牡丹，雍容华贵，用国色姿容，吸引着路人的目光。但在这玉树芳华的背后，总觉得少了一袭缥缈的花香。从一簇丁香前走过，但见其攒聚着万千的花结，汇聚成一树紫色的忧郁，散着丝丝缕缕的香气。此情此景，有着"梅须逊雪三分白，雪却输梅一段香"的遗憾。

孩子们拎着可乐走过，心中泛起了对这个年龄的艳羡，心里回响着《时间都去哪儿了》的节奏。其实人生的时光也只有童年才是甜蜜的，至少在三十而立，四十不惑的时候，在被工作、学习、住房、子女、职称、升迁等折磨地狼狈不堪的时候，童年的简单，就成了人生旅程中的一丝甜蜜，成为一朵永远也回不去的彼岸花。而小孩子都盼着长大。大了就不用做没完没了的作业，可以尽情地追剧，可以通宵地玩游戏，还可以……

前几天读匈牙利小说家约卡伊·莫尔的《温馨的圣诞节》。一位穷鞋匠没有钱给三个孩子买像样儿的圣诞礼物，于是就给孩子唱了一首歌，带着亲情的歌曲快乐着一家人的圣诞，也扰了一位除了钱什么也没有的富人的心境。本想发火的富人却要求穷鞋匠给他一个孩子，以排解他心中的孤独，他承诺要让这个孩子过上老爷般的生活。结果是没有一个孩子愿意去当老爷，而只愿守着这份清贫里伴着亲情的幸福。

快乐在一方，没有金钱；金钱在一方，没有幸福。在这里，金钱和幸福无关。

世间最美的衣料，当配给妙龄少女，也只有十几岁如花带露的容颜，才配得上这精美的布料。而十几岁的芳华是属于穷学生的，他们既没有经济实力也没有充裕的时间来享用这份锦上添花的美。只待青春逝去，中年到来，人们才花上大把的时间和财力，去填补岁月雕刻在容颜上的痕迹，而那已变形的体态和绝美的衣料之间，显得不美也不搭。

其实人生没有完美。《西游记》里，取得真经的师徒四人，却被老龟掀进了通天河中，弄湿了取来的经文。在晾晒时，八戒无意中弄残了几页。作者吴承恩用这样一个情节，完善着九九归真的道理，也智慧地告诉世人——世间没有完美，即便是千辛万苦得来的东西。

电视剧《大丈夫》里，欧阳剑被娇妻、爱女、前妻搞乱了生活，迷失了方向，于是向校长请教。校长说："我是个出过美食专著的人，也算是一个美食家吧，如今牙不好了，不可以大快朵颐了，于是就细嚼慢咽起来。而今倒觉得过去大快朵颐很好，现在的细嚼慢咽也有滋有味。"有牙的时候没有花生米，有花生米了，却没了牙，那么我们就把有牙没牙的日子都过出滋味来，有何不可呢？

看来缺憾是生活的主色调，生活也注定是一幅悲情的画儿。一位好友的QQ签名是这样写的：人生不必追求完美，它会让生活失去很多乐趣。其实接受了缺憾，就能得到一份低调的幸福。朋友的网名里有"笑"字，这笑是对待人生的一份爽利和坦然吧！

想起了米洛斯岛上的维纳斯来，完美的维纳斯没有得见，缺憾却成就了永恒。叶知道花在彼岸盛开，花也知道叶在彼岸繁茂，虽不相见，但只要花开得从容，叶长得悠然即可。

　　彼岸花开，注定了花不见叶，叶难逢花，这份彼岸的遥望和期待不也是一种生活的况味么？

残荷秋韵

秋分那天上课，导课的时候让学生每人都说几个带秋字的成语——望穿秋水、暗送秋波……青春的视野里尽是浪漫的事儿，而我设计这个环节的时候，头脑里产生的第一个成语竟是秋风萧瑟，而最想看的秋景是戴河园里的那一池残荷。

去年我去江浙一带游学，见到义乌六中校园的小池中两盆残荷向晚：一叶枯干，荷叶反抱着荷茎，像是披着一件蓑衣的渔者；一叶舒展，绿色里氤氲着淡淡的黄，虽近晚秋，却坦然而平和；而另一叶只是剩余了叶脉，柔弱里见了风骨，像是寒塘里的鹤影一般。

后几天，去绍兴的沈园，但见沈园玲珑，园中的池塘也不很大，但残荷成片，荷叶多已枯萎，荷茎却决绝地挺立。我在孤鹤轩里小坐，凝望着一池的残荷。沈园的角落里，闲坐着不少游客，都静默地向着那片池塘。安静的氛围和沈园里曾经的爱情一样，有着一份千古的落寞。这残荷是沈园里最契合陆游和唐婉爱情的意象——青春虽逝，人生的秋天里还有着重逢的一点缘分。虽然他们相逢是在春季，但是那首《钗头凤》

的况味，更像是秋雨中的一池残荷！

那一年，也是晚秋初冬之交，我在西子湖畔，看到了断桥一侧的残荷，占据了大几十亩的湖面。荷叶零落，夕阳已经挂在了远处保俶塔的腰上。只见一位老者，须发皆白，架上单反，全神贯注地选景。秋风将老者的一缕白发轻轻地拂起，他俯身跨步，重心后移，专注地盯着取景器，一只手调试着长长的镜头，在残荷前抓拍着一份落寞的景致。

这让我想起了森林公园里的牡丹来。四月的时候，何其的烂漫，一朵朵富贵的神情，让人流连。自信与不自信的女子都敢在这里留影，或为收获一份自信，或为收获一份富贵，或为收获一份春天带来的轻松。晚秋时，再去牡丹园，人迹寥寥，好生的安静。牡丹的花枝上，结着一层白霜一样的粉末，像是老态的女子，为了掩饰岁月的痕迹，强行在脸上涂上的一层粉儿，显得格格不入。

芳华落尽谁人顾，
一片落寞向小园。

我随口吟出一联，也吟出了心中的一份沉甸甸的情绪。

由此看来，荷还真不是一般的花呀！

是啊，春日里，一池春水之上，漂着几片荷叶，疏疏落落的美；夏日里，一池翠荷，接天莲叶，无穷碧绿，田田的荷叶舒展着，像一颗颗坦诚的心，没有一点晦暗皱折。我常觉得田田这个叠词就是单为荷叶而造设的，读到这个词时就会想到一片荷塘来。待得菡萏似箭，顶着小小蜻蜓，在碧绿中突出头儿的时候，便引来如织的游人。接着便是一片清荷，几点荷花，或白或粉，不杂一丝的烟尘，让人觉得世界都是这般的纯洁。待时至晚秋，瘦荷伶仃，仍不失荷韵，一场潇潇秋雨，倚在水面的一叶叶残荷，依然捧着如珠的雨滴在荷叶上不安地迤逦着。残荷如斯，仍有人驻足，情愿与秋池中的一份凄凉同框。

灿烂时纯洁，枯萎时雅致，荷的一季，随时随地的美！

儿子喜欢电视上的一些综艺节目，每一期都请一些颜值爆表的红男绿女参加，热热闹闹地鼓捣一期节目，惹得年轻人好生羡慕。为了陪伴孩子，我也会看上几次，除了颜值之外，总觉得少了内涵，即便是颜值，也少了由文化支撑起的底蕴。于是问儿子："若干年后，我们还可以在电视上看到这些人中的哪几个呢？"儿子说："他们吃的是青春饭！"

青春红颜时，得人追捧；满头铅华时，气韵仍在。这让我想起了田华、于蓝等老艺术家来，青春时的喜儿、江姐，唤起了一代人对时光的感慨；暮年时的那头银发，也能唤起一阵由衷的掌声来！

一位好友在朋友圈里发帖：人到中年，父母健在，孩子成长，都是我们的课题，我们就这样忙碌着，却常常忘记了自己，一转眼就青丝铺雪，步履蹒跚……

一个"铺"字让我潸然，时光如此地张狂，人生的秋天来得如此的轰轰烈烈，我们在时光里且战且退，退守在光阴的拐角。突然觉得，中年的人生，如一张逆光拍摄的照片，虽然模糊了容颜，但却拍出了一剪秋风夕照下淡雅的轮廓！

既然时光无情，那就做深秋的一茎残荷吧，虽说青春并不靓丽，但我还愿在人生的秋天里保有残荷的那份韵致，让人生从容、淡泊、自信而厚重！

远志

小时候，我经常上山刨药材。

太行山里，有丹参、知母、柴胡、地黄、臭脚丫，但刨得最多的是远志。喜欢远志这个名字，这名字像是一位英俊少年，胸怀天下，行走四方。

但是，远志却长得极其纤弱：纤细的绿茎，纤细的绿叶，高粱粒大小的蓝紫色的花，像是一位身着绿色裙子的少女，在夏雨、秋风里摇曳，撑着一把紫蓝色的小伞，窈窕而多姿。

上小学的时候，每到夏秋之交，时逢周日，小伙伴们便呼朋唤友地上山刨药材，而远志是首选。在阳光充足的阳坡上，一株株远志，绽放着蓝色的花朵，格外醒目。小心地挥镐，刨去其周围的沙土，露出黄褐色的根部，那根儿像是一条加长版的虫草。刨上二三十苗，打成一捆，有酒盅粗细，解开腰带，将其全部扎在腰间。一个下午，可以刨上七八捆，像是解放军战士扎在腰间的子弹袋，而手中的铁镐就成了一把钢枪，对男孩子而言，这活计有着绝对的威武之感。

已而夕阳在山，晚霞烂漫，远望小村，炊烟袅袅。

于是我们齐唱起《打靶归来》：日落西山红霞飞，战士打靶把营归，把营归……这是七十年代最流行的歌曲，也最切合此时此刻的心境。沿着羊肠小道，小伙伴们迎着夕阳，荷镐而归，的的确确像一队打靶归来的战士。

回到家里，在夕阳的微光里，开始加工远志。远志的根皮，药效最好。趁着根茎还直棱，用一把小铁锤，将垫在木板上的远志根儿轻轻地锤扁，捏住根部，用力一捋，就将远志的皮儿捋下来，放到用玉米秸秆做成的排排上，晾干，便卖给唯一的收购单位——国营供销社。

《本草纲目》记载：远志，苗名小草、细草、棘菀，性苦、温、无毒。可以安神益智，消肿止痛。当时我只是知道远志是一味名药，因为供销社收购的时候，它的价格最高。一斤干远志皮儿两块五。几个星期天下来，可以采上两斤多，收入五六元。这在二十世纪七十年代，对于一名小学生而言，是一笔可观的收入。记得那年卖完药材，得了五快二毛钱，留下了两毛作为私房钱，将五块钱交给了母亲。上交劳动所得时，觉得自己一下子长大了，可以为家里分担经济压力了，心里涌动着男孩子才有的担当和自豪。母亲虽没有表扬我，但是脸上还是透着一丝丝的喜悦和欣慰。

对于我而言，这五块钱意味着开学的那一块钱的学费有了着落，心里轻松了不少。还记得1976年，我上二年级，麦假后，母亲对我说："你告诉老师，咱们现在交不起学费，等大秋以后再交。"我百般地不乐意，心想人家怎么都能交啊！我怎么跟老师说呢？收学费的时候，我低着头，不敢看老师，极力地用眼眶挡着泪水，力争不决堤，并蚊子鸣叫般地说："我交不起，我娘说大秋后再交。"我感到了超级自卑，试图去找个地缝钻进去。那是我人生中的第一次尴尬，尴尬中带着一丝屈辱。漂亮的张老师却云淡风轻地说："知道了！"我人生的第一次重大危机，就这样简单地化解了，而这一块钱的学费，也绾了一个结儿，堵在了我的心头。大秋来了，家里粜了粮食，交了那一元的学费，我才如释重负地离开了教工办公室，但在心里却留下了一片关于学费的暗影。

从此我便喜欢上了远志这味药材，每当夏秋之交，我都去刨药材，刨得特别起劲儿，似乎刨的不是药材，而是一份自尊，或许受到了远志名号的感染，我也在刨药材的过程中孕育了一份走出大山的志向，并沿着这份志向走到了现在。

昨天，我又去村东头的山里，看到了远志，蓝色的小花，在早秋的风里绽放芬芳，唤醒了我尘封四十年的一段记忆。我拍下一株远志，放到朋友圈里，算是对那段日子的一份怀念。四十年来，我从心里一直感谢远志，感谢这味长在深山里的药材。

花之缘

喜欢养花，说来不应是一个粗大男人的爱好，但我却是痴心难收，绵延至今。

我爱养花，但养花的成就却很惨淡，除了阳台上的一盆芦荟，书房里的一盆死不了，书柜上垂下的疏落的吊兰外，便再没有其他的收获，但养花的情趣却不减。秋冬之交，花市中的杜鹃姹紫嫣红，煞是好看，请几盆回来。花期一过便香消玉殒。去请教花农，也取来了诸多的养花真经，也难使之香魂永驻。接下来几年，仙客来、蝴蝶兰也曾眷顾过我家，都是生机勃勃而来，暗淡憔悴而去。来时花红叶绿，去时叶败枝残。渐渐地，心中涌出阵阵的自责，那鲜艳的生命，皆因自己拙笨的养花技术而逝去了，因此我对生机盎然的鲜花产生了敬畏之情，不敢轻易地将她们请回家来。有时不免感慨：我真的与花无缘啊！

初冬的一个清晨，我漫步在早市中，怯怯地流连在售花的地摊前。突然看到了一盆山茶——晨曦映照着叶子上欲滴的露珠，油亮的叶子中间，生着几粒白色的花蕾，花蕾的顶部涂着一抹淡淡的粉红，想必花蕾中正萌动着春光一片。她越美丽鲜活，我越不敢向前，对花的莫名的恐惧弥漫在我的周围，使我不敢萌生购买的欲望。此时，一个衣着讲究的男子在和花农打问着价格。我多么希望这个买花者是个侍弄花草的高手，使那布满枝头的花蕾，能够绽放得洒洒脱脱，自由自在。对于这盆花，我是不配，也不忍，且不敢购回家的。

第二天，我竟在早市上看到了那盆茶花。

第三天，我还能在早市上看到那盆茶花。

……

直到第九天早上，早市即将散去，我还能看到那盆茶花。鬻花者边收拾花摊边自语道：天凉了，明天不来了，收了，收了！

难道我与这盆花有缘？在我和她擦肩而过时，我拿出了十二分的勇气，决定将她请到家中。鬻花者边数钱边说，这花能在春节时开放。我想能在春节时开放，那将是怎样的一个春节，怎样的一个春天呢？

此后出差，一个月不在家中，妻在电话里提到了茶花，说花蕾在一天天地长大，看来赏花有望了。我赶紧在电话里托妻要好好地照顾她。出差回来，我未赏到怒放的茶花，看到的却是挂满枝头的枯黄的花蕾。妻说前不久长了蚜虫，弄了点药喷喷，便这样了。本想埋怨妻几句，但又想毁在自己手中的花何止一盆，便作罢了，看来我真的与此花无缘呀！

但这盆花没有死，春天还发了几片新叶，当我希望其蓬勃之时，整个春天也仅仅长了两三片新叶而已。接下来的两年中，她的生命只是勉强地维持，叶子落多长少，枝头挂满了凄凉。妻劝我将其淘汰，我却带着负罪的心理尽心侍弄，像是侍弄一个病残者，让其安然地走完余生。我常想，她要是落到一个侍弄花草的高手手里，想必已是几落几荣，每年的春节前后定是一派"红杏枝头春意闹"的景色，我尽心地侍弄，只为抚平我内心深深的自责罢了。

两年后的冬天，茶花的叶子仍然稀稀落落，但叶子中间竟新添了花蕾，数一数竟有三十几粒。我着实地兴奋了几天。春节临近，花满乾坤，客厅里春意盎然，红色的花瓣昭示着繁盛，金黄色的花蕊闲适地躺在花心。从严寒的室外回来，一看到她，便觉得一股生机扑面而来。那几天，我面对茶花时，有劳动者面对劳动果实的激动，也有享受劳动果实的坦然。

谁说我与花无缘！

几天以后，落红满地。起初，我并不感到悲伤，自然法则使然，好花不常在，盛年难再来，自古亦然。然而让我始料不及的却是茶花竟在几天之内叶落枝干，我面对枯枝败叶愣了老半天，世上的事真是难以捉摸呀！但在第二天，我顿悟了，这花分明是用尽生命里的所有元气，为我绽放出灿烂的一瞬！她是在回报我的不弃之恩吗？是的，一定是的，因为生命是有灵气的！

一个穿着红风衣的女孩儿每天搀扶着患病的奶奶在小区里散步，每天都是如此，红颜白发相得益彰，和小区的中心花园形成了一幅和谐的画面。我想十几年前，这位奶奶定是拉着女孩在这里蹒跚地学步吧。

这位女孩儿让我想起了我的茶花！

角落的花

在朋友的空间里，看到了一张这样的照片：在岩石的角落里，一枝枯干的山菊花在寒风中展示着不屈的风骨。即便是春日萌芽时，还是夏日蓬勃时，抑或是秋日绚烂时，我想没有谁会注意到它的存在，而我却独爱它，在这小小的角落里渲染出的那一份宁静与寂寞。

在单位图书馆丁字形大楼的北侧拐角，园林工人种下了一棵白玉兰。这里一年难以见到阳光，这棵玉兰便尽力地伸长她的腰身，抬起她那颀长的颈，试图寻找阳光的踪迹，于是她就亭亭地站立在这个没有阳光的角落里。当其他的玉兰树在料峭的春风中渲染出一树的洁白时，她却在这个角落里静候着自己的花季。直到柳芽黏黄，小草吐绿时，她才绽出了稀疏的几朵白花，像几个跳芭蕾的女子，踮着脚尖立在枝条的顶端。没有阳光的慰藉，独自在角落里静静地开放，寂寞无言，肃静自得。

每次走过这个角落，我常常联想起陆游《咏梅》中那株寂寞的梅。寒梅不争春，而这株玉兰却被迫和春风、绿柳同行，于是就躲在一个角落里，无言地宣示着一抹寂寞的洁白。我常有意地去拜访她，如徒步走到了五柳先生的茅屋前，一股冷香氤氲缥缈，有着"一片幽情冷处浓"的况味。我还想到了白居易笔下的大林寺的桃花，应和这株玉兰一样，也是一片迟到的寂寞。

"都现在了，还有一株玉兰在开放。"我给一个同事说。

"哪儿呢？我怎么没有注意到？"同事惊诧地说。

没被注意到，她依然在那个角落开放着，寂寞得脱俗，让人销魂。

忽然，我想起小时候自己无意间插的那一罐桃花。那一年的冬末，大伯家要伐掉一棵老桃树，以便清理出地基盖房子。桃树轰然倒地，一些小的枝丫被摔断，飞出老远。我拾起了几枝，插到房后墙角的一个废弃的瓦罐里，然后加满水。两个月后，偶尔到房子后边收拾东西，看到一罐灿然的桃花，在角落的枯草中静静地开放着，开出了我满心的意外和惊喜。当秋意浓浓，黄叶飘零时，花蕾就孕在了枝头，即便是失去了依托，只有一瓢清水，这几枝桃花还是绽出了完整的生命色彩。

我经常去一家大型超市，看到在一个不起眼的角落里，摆着不少花草来售卖，有吊兰、仙人球、蟹爪莲、云竹、滴水观音之类的花卉。就如超市里不可能摆卖奢侈品牌一样，这里也没有名花异草。

每次到超市，我都去这个角落看看，觉得整个超市像一个繁华的世俗，而这一角却有着一片生机和宁静，是与繁华咫尺的一片田园。来这里的顾客寥寥，清净安然。驻店卖花的是位年轻女子，亭亭如一竿翠竹，她给花洒水，接待过为数不多的买花的顾客后，便静静地看着那售卖日用品的展台，那里人头攒动，传来了各种降价促销的吆喝声。

我经常担心她的生意，认为将鲜花布局在超市里，是一种经营性的错误，可是这个花台却已经在超市里营销了几年，似乎用这样的一角，平衡着超市的喧嚣，经营着自己的品位。

在终南山的沟壑里，据说生活着不少隐士，他们厌倦了现代文明的喧嚣，去寻东篱的菊花，西子湖的梅树。我常问自己可有这样的勇气，去这样的角落，过这样的生活，但看着如小树般成长的儿子，看着白发苍苍的父母，只能对着那份清净投去向往的眼神。于是不得不在这个名利社会里打拼着，适应着，抱怨着，挣扎着……

　　无力走出这个世俗的世界，我们就在心灵的岬角上种上一株兰，插上几枝杏，摆上一盆盆平平常常的花草。在身心疲惫时，找寻一种轻灵的慰藉，化解开心头的郁结，去体会大隐于市的淡然和从容。

夏花记

> 春花多，夏花少，是为夏花记。
>
> ——题记

山丹丹

山丹丹那个开花哟，红艳艳……

高亢、嘹亮、热烈的山陕民歌《山丹丹开花红艳艳》的旋律，与山丹丹那火一般的红色极其吻合。那红艳艳的山丹丹花是山里姑娘出嫁时头上顶的红盖头吧。

丹者，红色也。红色的种类很多，但是丹色就应该是山丹丹的颜色。山丹丹可以为丹色代言，为丹色定义，这丹色唯她独有，这丹色总让人心里热乎乎的。

山丹丹，生在老家的高坡之上，纤细的花茎上，长着柳叶般细长的叶子，茎的顶端或单放、或并蒂地开着红艳艳的花朵，但见其花茎纤长，花瓣全维度地绽开，纤细的花蕊伸到了花瓣之外，蕊上沾着金色的花粉：一种纤纤细细的美，像养在深山人未识的女子。

那一年高考结束，我约几个同学上山。在一个起伏和缓的山坡上，见到了几株盛放的山丹丹，稀疏地点缀在摇曳的白草之中。着一身白裙的女同学，与一株山丹丹花对视着，俯身轻轻地嗅去，青春的面庞与山丹丹的红艳，绝美地搭配在一起，辅之以青山白草的背景，真是美到了极致。此时我觉得山野里的鸟虫一下子停止了喧嚣，只剩下这份静美与姣好。

我也想移植几苗山丹丹，将这份纯朴而热烈的丹色带到家中。于是在晚秋时候，在大山里寻得健壮的一株，用锄头深挖，挖到了大蒜一样的根部，蒜形之下，是细细长长的根须。小心翼翼地移栽到青花瓷盆里，期待着来年萌出新芽。但是来年的春天里，我没有见到一丝新绿。这才知道，这大山中的小女子，只愿依偎在大山的怀抱里，望青山雾岚，闻鸟语和鸣，听草虫齐唱，赏泉流叮咚。愿意看白云一般的羊群，听牧羊人悠扬的歌声；愿意看着早起耕耘的农人，在晨曦里埋头耕作，愿意看着送饭的农妇，头扎着蓝底白花的头巾，匆匆忙忙地走在羊肠小道之上。

我对自己的移植行为产生了悔意——世间的一切，都有一个适合自己的环境，就如鱼之于大海、鸿雁之于长空一样，大山才是山丹丹花最好的栖居。

每次想到故乡的山，我总会想起山丹丹花来！每当夏秋之交回到故乡，我总是要到山里去寻山丹丹哩！

合欢

早上在公园散步，春天里曾经繁花满路的地方，而今是一片深绿，绿得充分，绿得厚实，绿得有点压抑。

小径的旁边，有几株旋覆花正在盛放，老家把这种花叫叶嫣儿，妥妥地一个女孩儿的名字。叶嫣儿在老家的田间地头到处都是，花朵有点像向日葵，只是花形很小，铜钱一般，要是在春天里，这小小的黄花是可以忽略不计的，而在盛夏时节，却美得有点招人。

花是娇贵的，也害怕酷暑吧，所以夏花很少。

走过一路碧桃的小径，转个弯儿，在用大理石铺成的广场中央，长着一棵合欢树，但见树干挺拔，枝叶婆娑。在绿色树冠的顶端，有一层淡淡的红色，像是画家用皴法染上的，恰若少女头上的一块红色的纱巾。

这一抹红色是鲜亮的，和夏天极配，可以点亮一份凝重的心情。如小时候，经常停电，无光的山村显得死寂而无趣。萤火虫成为了暗夜里唯一的光。在黑暗中期盼着，期盼着……突然来电了，虽然十五瓦的白炽灯泡，暗红暗红的，也足以点亮心情，引出一番欢呼雀跃来。

合欢，多喜庆的名字，会让人想到爱得天荒地老的一对恋人的婚礼，想到花好月圆的中秋，想到家家团圆的春节和元宵。想到这里，忽然明白，合欢的颜色为什么是红色的，但这红色只是一抹，显得含蓄而淡泊。

站在树下，树冠蔽日。花已经不在视野之中，正好可以看到恰若含羞草的椭圆形的叶子，一排排地挂在了枝吊之上。读史铁生的《合欢树》时才知道，那棵长在他家四合院里的合欢树，原是他母亲当作含羞草移植到家里的。

摘下一枚合欢花，见长长的茎柄之上，长者一个红色的绒球，绒球由一丝丝花线组成，每一丝花线的顶端都是红色的，像是轻轻点上去的一点红意。失去了其他花的衬托，一枚合欢显得单薄了不少，像是一位纤腰玉臂的女子，有着别致的风韵。树下落红一地，有些落寞，但是树上的合欢花依旧盛放，永远落不尽似的，一树芳华的感觉。

树下，一对穿红装的青年男女在压腿，放松运动后的腰身，不时地耳语着什么；两位老者推着婴儿车从树下走过，车里的孩子举着小手，指着树上的合欢花，咿咿呀呀地说着什么。

这天早上，合欢树下，我见到一道入心的风景。

珍珠梅

清晨，一场雷雨后，在一段幽静的小路上，一枝穗状的白花探身于小径，轻轻地拽了一下我的衣襟。

我俯下身，发现那穗状的花不是一朵，细看才发现是由无数朵绿豆粒大小的白色小花聚集而成，每朵小花分为五瓣儿，花蕊纤长，毫不收敛地伸向花瓣之外，那姿态，分明是具体而微的朵朵白梅。一穗之上，有的盛放，有的半开，有的还是小米粒大小的圆圆的花蕾，经雨露的浣洗之后，晶莹而无瑕。

掏出手机，扫描一下她的容颜，手机告诉我，她叫珍珠梅。

啊——珍珠梅，真是相见恨晚呀！不过你真配得上梅这个名字。这不是因为你的花有多么的艳，花形有多么的大，而是在你娇小的身姿里，有着梅花的韵致。

小时候，我家院子里种过柳叶梅，叶子像极了柳叶，花开得像杜鹃，没有一点梅的身姿。也种过对叶梅，草本的茎上，对称地长着椭圆的叶子，开着山菊花一样的花。虽有梅名，而无梅形。而珍珠梅却是既得其形，又得其韵，是真真切切地开在盛夏里的梅花。

生在北方，没有见过梅花，只在画里见过，多是稀疏的几点，在一天的风雪中，凌寒而放，纤弱中透出的那份傲雪凌寒的气质，让人敬佩。后来读到了很多关于梅花的诗，喜欢王安石的"墙角数枝梅，凌寒独自开。遥知不是雪，为有暗香来"；也喜欢陆游的"零落成泥碾作尘，只有香如故"；更喜欢王冕的"不要人夸颜色好，只留清气满乾坤"。梅花的美，在于风骨，而梅花的风骨，多体现在严寒中散发出的那一段香气里。

因此，特别想在冬末时节去南方寻梅，去扬州的梅花岭，不仅有一山的梅花，也有明末史可法的衣冠冢。当年清军包围扬州，史可法挺身而出，用一腔热血捍卫一位文臣对国家的忠诚。那掩映在一片梅林下的史可法的衣冠冢，当是一株极具风骨的寒梅，树龄已近四百年，苍劲而不朽。种种原因，我至今也没有去成梅花岭，也没有见过风里、雪里的梅花，依旧在诗里、画里赏着、品着……

而在酷暑时节，我却看到一枝白梅，虽如米小，但学梅开。那瓣，那蕊，有模有样，除了花形小了点，谁又敢说她不是梅花呢？

人们赞美梅花的凌寒而绽，而珍珠梅不也是冒着酷暑而放吗？从这个角度说，珍珠梅和冬梅不是有相同的品质吗？

我忙用手机拍下这一株雨后的珍珠梅，并配诗一首，发到了朋友圈里：

寻梅无须待严冬，仲夏林深见芳踪。

恰若苔花珍珠小，偏现神韵与梅同。

突然觉得，这夏天的珍珠梅一点也不输傲雪的冬梅。

月季

夏花之中我喜欢月季，其实月季并不完全属于夏花，自春末开花，直到初冬，月季都执着地开着，只是月季在夏天开得最盛，故将其列入夏花之列。

最早见到月季是在省城上大学的时候，裕华路的两旁种着许多月季，开得很盛——浅红的、大红的、枣红的、乳白的，重重叠叠的花瓣间，蜂蝶流连，如一张张灿烂的笑脸。多年后，一位编辑朋友编辑"六一特辑"，收集了一百位孩子洋溢着笑容的照片，集成了一版，用彩色印刷，那纯真的笑靥让大人们无法复制，也让我想到了裕华路旁盛开的月季，热烈而纯洁。

大学开学，刚从大山里走出的我，被一簇簇的月季点亮了心情——大学果然是花好月圆呀！只是我当时把路旁的这些月季当成了玫瑰。

若干年后，几位师大的校友聚会。一位师兄酒后坦白自己的恋爱史，其中一个桥段就是偷偷地剪了一朵裕华路上的月季，送给了自己心目中的女神。这毫不怕露怯的直白，换来了大家爽朗的笑声，也折射出八九十年代大学生爱情的简单和纯洁。当时我觉得，几位年近半百的师兄师姐的笑声，就像是十月的月季，虽不艳丽，但也敢尽情地开放。

其实春花中有牡丹，有海棠……但是花期都短，显得弥足珍贵。盛开之日，游人如织，争相合影留念，如某位明星到来，粉丝拥趸们争相捧场一般。

而月季呢？似乎每个清晨，每个周一，每个晦朔，都给我们献上一抹微笑，这平平常常的存在，却常常被我们无视，但她依旧笑吟吟地绽放着。

周日，在单位值班，夏日酷热，叫了外卖。送外卖的是位女子，穿着外卖平台的工装，皮肤被晒成了淡淡的古铜色。她在将午餐送到我手上的时候，还送来了一个笑脸和一声祝福："用餐愉快！"

突然觉得，生活中我们忽略了很多很多这样的笑靥，如同忽略了每月都盛开的月季一般……

凌霄

在读舒婷的《致橡树》的时候,我才知道世间有一种花叫凌霄。

"我如果爱你,
绝不像攀缘的凌霄花,
借你的高枝炫耀自己。"
……

我喜欢《致橡树》里的句子。女性诗人不卑不亢地宣示着平等的爱情观,彰显着独立而自尊的人格。

凌霄是一种什么花呀?这凌霄和橡树、木棉一样的陌生。生于南国的诗人舒婷,用南国的特有的风物作载体,表达着对爱情的理解和追求,让我这个北方人只能对凌霄展开一番想象了。

"攀缘"一词让我想到了牵牛,牵牛虽然也承载着千古爱情的主题,上天入地般的伟大。但是与橡树、木棉一起,显得不协调。我想是不是和紫藤相仿呢?春天时,紫藤带着紫气东来,成为画家笔下的风物,显得吉祥而高贵,有着官场的气派,怎么着也和爱情不搭界。那凌霄是什么样子的呢?

后来在我居住的小区的中心花园里,一个人工搭建的木架上盘绕着一些藤蔓。夏天时开出玉簪一样红色的花来,三五个花蕾聚成一簇,枣红中透着淡黄,含蓄地绽开花瓣,吐着丝丝的花蕊。这是什么花呢?我打开一个专门识花的APP,对着花扫描一下,显示如下:凌霄花,紫薇科、凌霄属。

这就是凌霄花啊!

一首经典诗歌的意象,突然非常具象地展现在我的面前,依托着木架，向外炫耀着自己的花朵。

很多年前，在一个很火的相亲节目里，一位帅气的小伙子问一位自己心仪的姑娘："你愿意周末和我一起骑着单车出行吗？"姑娘说："那我还是坐在宝马车里哭吧！"当时我立刻就想到了凌霄花，也想起诗人舒婷的那几句诗来，只是不知道依附在宝马车里的那朵凌霄，现在是哭呢，还是在笑？

其实，失去了自我的崇高，总显得虚无，外表光鲜的背后，或许有着难以言表的苦楚。只是依附对方，而不是在生活里相互扶将，相濡以沫，生活的表象无论怎样高贵，都不能划入爱情的范畴。

在夏花中，凌霄只是有个好听的名字！

枣花

提到枣花，大家一定认为是春天的花，其实枣花是地地道道的夏花！

枣树是立夏前后开始开花的，陆陆续续地开到入伏，即便入了伏，还会挂一批晚枣，所以一棵树上的枣，有早熟的，也有晚熟的。

生活在枣乡，对枣花儿有着深厚的情感。枣树是不招春天待见的，换个角度说，枣花对春天也很不屑。仲春时节，漫山葱绿时，枣树还突兀着枝丫，见不到一点绿色。待到立夏之后，在干硬的枣树枝头才会挣脱出一丝绿意来。枣芽儿生长，长出一两寸长的枣吊，枣吊上斜垂几片枣叶，还开满了淡黄的米粒大小的花朵，这便是枣花了。枣花开得密实，每根枣吊上都有十几朵，在初夏的风里，散发着淡淡的香味。

看到枣花会想起袁枚的《苔》来：

白日不到处，
青春恰自来。

苔花如米小，
　　也学牡丹开。

　　十里八乡的蜂农们，用拖拉机拉着蜂箱，来到枣树沟里，去采枣花蜜。夏日的山野很安静，蜂唱枣林静，鸟鸣山更幽，蜜蜂让整个田野有了动态的美。蜂农们在枣树下搭上帐篷，要守上四五十天。收获是喜悦的，而收获蜂蜜更是甜蜜的，割完蜜，装入瓶中，贴上枣花蜜的标签。枣花蜜，乃蜜中上品也！

　　枣花开得密实，谎花也多，枣有十花一果之说。苏轼的《浣溪沙》中有"簌簌衣巾落枣花"的句子。枣树挂果后，不挂果的谎花在夏风中簌簌落下，在枣树下铺开，还真有点"落红不是无情物"的意蕴。

　　八月中秋时，枣儿红红地挂满枝头，像一挂挂红色的鞭炮，将枣枝儿压到几乎可以贴地。那小小的枣花终于修成了正果。

　　其实世间的事儿，很难双全。花艳而无果，比如牡丹、芍药；花小却果肥，比如枣儿和板栗。反正存在的一切都有一点缺憾，世间的事儿，在走向完美的时候，也就走向了毁灭。

　　我喜欢枣花，低调，但丰盈！

我爱这段林荫路

　　小区外有一段林荫路。我每天晨练，都要刻意地走过这段林荫路。
　　其实小区外的这段林荫路有五百多米长，两端被规划成了临街的店铺，道旁拥挤着各种汽车，店铺里的音响设备不厌其烦地播放着各自的广告。从各家店铺门前经过，空调箱向外排着一股股热浪，张狂而不负责任。各个商家都把自己售卖的货物堆在门面之外，蚕食着临街的路，让这段路显得热闹而繁荣，逼仄而杂乱。我每次都是匆忙走过，只把它当作一段过路而已。
　　这段路的中间，是约百米长的林荫路。我每天都从这段林荫路上走过，慢慢地理解了城市规划师的意图——他是想把这五百多米的距离，谱成一首曲子，两头是激昂的旋律，而中间是一段舒缓的节奏，只是在寸土寸金的城市里，这段舒缓的节奏显得短促，让人觉得这首曲子高潮频出而铺垫不足，但好歹还是留着这样一段安静的距离，让人们从繁华中走进，去整理一下烦乱的心灵。
　　每天早上从这段林荫路上走过，我都很惜步，不敢也不甘大步流星地奔走，于是就慢慢地踱，仔细地赏：仰头一看，两侧的树木枝丫遮天蔽日，枝枝覆盖，叶叶交通，只是从树枝的缝隙里漏下一丝丝的日光，依着我步履的节奏，一闪一闪地透过来。北侧是一排槭树，临街婆娑而立，从春天到夏天，都是浅浅的绿色，像是冻龄的女子，嫁给了春天，不管时间如何地张狂，都是一副青春的模样。每五棵槭树中间，有一个长方形的花坛，坛上栽植着几株圆形树冠的红枫，算是对这排绿色的调整。挨着小区的一侧，一排紫李，间杂着油松，紫色的主题中点缀一点油松的深绿，立刻破除了色彩的单调，显得灵动而恰切。春天，紫李的小花毫不自卑地开放，渲染出春天的氛围。秋天，槭树的叶子在轻霜的慰藉下，幻化成一路金黄，觉得秋意满满，但又没有一点悲戚的情调。脚下的渗水彩砖，总是润润的，洇着一股股清凉的气息，和着头顶的鸟鸣，清新着肺腑，荫庇着心灵。

慢慢地走，前方遇到了一位身着长裙的女子，身姿窈窕，像是刚从《诗经》中的蒹葭丛中走来，在以绿色为主题的路上，那彩裙像是开在其间的一朵玫瑰。此情此景，会让人想起贺铸《青玉案》中的句子来——"凌波不过横塘路，但目送，芳尘去，锦瑟年华谁与度。"赋闲在家的贺铸和我一样邂逅了一位女子，惹起了一段闲愁——"试问闲愁都几许，一川烟草，满城风絮，梅子黄时雨。"写愁的圣手是李煜，他那江水般的愁绪，是背井离乡、寄人篱下的家国情怀，不是芸芸众生的你我所能担待得起的。而贺铸的愁绪，有着浓浓的烟火气，就如他用的比喻也是那样的普通，那样的随处可见。因此，读贺铸的《青玉案》，总有着一种底层的共鸣。只是这段林荫路比不上贺铸《青玉案》中的横塘，也不会成为诗词大家笔下的意象，而我还是喜欢每天去走一走，因为在我心目中，它，就是横塘。

林荫路的尽头，摆着几辆共享单车，看到单车，觉得心里宽松了很多。晚上这里会聚集五六辆，早上只剩下了一两辆，聚聚散散地，成了这段路上最闲适的一角，也成了现代生活的一点色彩，但这点色彩却不给人以拥挤的感觉。

我每天都从这段林荫路上走过，都有遇见：上班一族，无暇顾及身边的风景，步履匆忙地走过；背着沉重书包的小学生，戴着醒目的红领巾，弥补着这条路花少树多的缺憾；相互搀扶的一对老夫妻，沿着这条林荫路蹒跚地走着，轻风拂起他们的一缕白发，冲击着我中年的心境；一位环卫工人，用她手中长长的扫把，扫着地上的落叶，还扫来了一种暖暖的感觉……一切都是原滋原味的，但心里觉得这就是风景。

我喜欢这儿的风景，每天都会从这里走过，去享受城市喧闹之中的一点点宁静……

第二辑　闲情偶寄

静处在光阴的拐角

喜欢陈继儒《小窗幽记》中的几句话："带雨有时种竹，关门无事锄花，拈笔闲删旧句，汲泉几试新茶。"关起柴扉，细雨朦胧里种竹锄花，打开小窗，重温陈词旧作，挑上一副竹桶，汲清泉几许，泡清茶一杯。将日子静静地泡在光阴里，也让自己静静地处在光阴的拐角。

记得丽江的街上有一所特别小资的旅馆，题名为"一米阳光"，副题是"一个可以发呆的地方"。用小资情调装饰一家小店，有着"躲进小楼成一统"的遗世独立的情怀，安静而雅致。而今，人们的日子在物质的富庶里渐次喧嚣，心在劳累里沉浮，一天的烦劳之后，将梦交给了静夜，将朝阳交给了匆匆上班的脚步。世事喧嚣，有着一种无处可逃的窘迫，使得静处已经成为一份不折不扣的奢侈。喧嚣匆忙中蓦然回首，才发现属于自己的光阴太少，于是让一米的阳光，辉映着一段发呆的日子，让疲惫的心静处在光阴的臂弯里，去虚度一段闲暇的日子。

羡慕一个文友，她喜欢在静静的光阴里骑行，晨光熹微之时，黄昏静穆之际，抑或是一阵疏疏落落的雨后，抑或是秋风带走几片红叶的时刻，一个人踽踽独行。携一卷《诗经》，在曲折的小径上，在海边软软的沙滩上，寻觅着参差荇菜，苍茫蒹葭。拿起笔，在静静的心海里，打捞起一段静美缠绵的文字，如易安笔下的一阕小令，清丽缠绵里荡漾着淡淡的轻愁，在静静的光阴里疗救着疲惫的心灵。

凡人如斯，伟人更甚。

读李白的诗，一定习惯了他的浪漫和豪气，一个渴望在盛唐气象里建功立业的人，心灵也渴盼着静处的时光。"众鸟高飞尽，孤云独去闲，相看两不厌，只有敬亭山。"在秋光里发呆，望一行秋雁，对一带群山，如相思已久的恋人，静静地凝望。此时此刻，长安城里鲜衣怒马的日子，被眼前这段柔软的时光安抚得服服帖帖。一个仗剑走天涯、豪情歌万代的诗人，总觉得该向往一段世俗繁华的日子，而这段敬亭山前的时光，让浪漫了整个盛唐的诗人，内心充满了一段柔软、一段宁静。

总是觉得静处不是李白生命的常态，而是经历了一段险恶的江湖后，送给心灵的一个短暂的假期，然后他还是那个拥有万丈豪情的李白。而有唐一代，将心灵真正归依给宁静的则是王维——"行到水穷处，坐看云起时。"清晨，诗人走出柴扉，漫无目的地徜徉，脚步已不匆匆，心灵已不凌乱，沿着一条小溪，慢慢地走，水穷处可观水之潺潺，心中涌动着云之袅袅，云水之间，最适合一颗淡泊的心灵驻足。诗人从盛唐的繁华里走过，从安史之乱的狼烟里走过，最后走到终南山的怀里，静处在一段凝滞的光阴里——明月、清泉、竹林、残荷，芳华落尽，禅意深深……这份静处的时光，显得婉约而淡然。

我总怀疑柳宗元静处的动机："千山鸟飞绝，万径人踪灭。孤舟蓑笠翁，独钓寒江雪。"读《江雪》，总能读出一江一山的寂寞，总觉得这份静处背后，是一颗波涛汹涌的不静的灵魂。难寻鸟迹人踪的江山里，有着一份永恒的寂寞和苍凉。每次读这首诗，我的心里总是想起另一位垂钓者——渭水河畔，一位老者也在垂钓一份宏伟的事业与抱负，而柳宗元不就是在学姜尚的等待吗？只是姜尚的垂钓之举，是一份自信满满的静处；而柳宗元却在寒江冷雪中，垂钓着一份世事的沧桑与无奈，一份心灵的抵触与孤独。一个人独钓寒江，这山河是他是山河，这静处也是一份不平静的静处吧！

在课前的一段闲暇里，我拉上窗帘，阳光一下子温柔了不少，安静得像远古的日子。在微信里打开了作家雪小禅的公众号，她在开头连接了程砚秋先生的《锁麟囊》。京胡的旋律有着深沉的韵味，缠绵而悲戚——春秋亭外风雨暴，何处悲声破寂寥……

喜欢一份永恒的静处，让生命静静地沉淀在光阴里，沉淀出一段本真的生命。这份静处的光阴，不是人在旅途中的小憩，也不是东山再起的厚积薄发，而是将生命坦诚地交给静静的光阴，如王维一样，将身心交给自然，也把自然养在心里。

静处在光阴的拐角，拐角处有一片阴凉，只可搁置一颗淡泊的心灵。

爱如瑕玉

据说，玉皆有瑕，或大或小，或明或暗。而爱情似玉。

读白落梅的《林徽因传》，惊叹于林徽因的爱情，她的爱情的每个章节里都有着或浪漫、或平和、或执着的文字。

讲徐志摩的《再别康桥》，我并没有将其主题解读为对母校剑桥大学的依恋，而是将其理解成一曲发生在康河边的爱情挽歌。那康河的柔波，那软泥上的青荇，那河畔的金柳，都见证了康桥边上林徽因和徐志摩的浪漫，这浪漫正如撑着长篙，向青草更青处寻找的梦境一样，幻化出一天的迷离和美好，却又如西天的云彩一样消散了，消散出一份缺憾的美丽。

已经很难说清楚林徽因因为什么而决绝地随父亲回国，离开了二十世纪那份旷世的浪漫，那份绝配的爱情。而那份康桥之恋，如开在春天的一树樱花，在一番繁华烂漫之后，却留下了一个无果的结局。

她华丽地转身，选择了人间的烟火，从此再也没有深情地回眸。不敢评价林徽因和梁思成的爱情。想来一生相守，在建筑艺术上成就斐然，也是一份志同道合的爱恋。可是"记忆的梗上，谁不有两三朵娉婷，披着情绪的花，无名的展开"。不知道作为建筑师的梁思成可曾参透了其中的况味，可是她记忆梗上的那一朵娉婷。

有朋友曾经问我，在和林徽因有关的三个男人中，谁更爱林徽因呢？我毫不犹豫地回答：金岳霖！读汪曾祺的《金岳霖先生》，文章的结尾记下了这样的情节：在林徽因过世后，梁思成也已经和自己的学生结婚。金先生却把大家召集到北京饭店，满斟一杯酒，宣告为已故的林徽因过生日，这份执着让在场的人唏嘘不已。我常想，能和心中的恋人苦守一生的人，其爱当如海，其情堪似天！

有着绝世的浪漫，却不能双宿双飞；有着刻骨的爱恋，却只能埋在心底。爱情如一块温润的碧玉，总是在纯美的玉体上留下一点或明或暗的斑驳，逼迫着人们接受这份带着缺憾的美丽。

这让我想起了各地的"望夫石"来，武昌有，三峡有，涂山也有，山海关还有。每一块石头上都镌着一段刻骨铭心的爱情往事：丈夫或为国出征而不归，或为生存远足而难归。于是妻子便站在高山之上遥望，化成一块撼动人们心灵的石头。喜欢诗人舒婷的诗句："与其在悬崖上展览千年，不如在爱人肩头痛哭一晚。"想来诗人也不喜欢这样的残酷分离，也愿有情人长相厮守，即便是大哭一场后也是一份团圆的甜蜜。

翻开唐诗，较少看到爱情的诗篇，多的是大漠黄沙的苍凉，多的是建功立业的豪情。诗中有田园的酒，有篱边的菊，有伤春的咏叹调，也有悲秋的凄苦曲。而让我震撼的却是陈陶的《陇西行》：

> 誓扫匈奴不顾身，五千貂锦丧胡尘。
> 可怜无定河边骨，犹是春闺梦里人。

每每读到后两句，我常觉凄楚——河边的白骨，依然是春闺梦中人。想必在春日的楼头，在秋日的山顶，那红颜依然遥望，衣带渐宽终不悔，望尽天涯无尽头。想来那一座高山之上又该平添一块望夫石了吧。

电视剧《潜伏》里，一份没有基础的爱，却在时间的浸泡之下，发芽、开花、结果。在发报之余，余则成和翠萍也畅想过他们未来的爱情，而结局却是一湾浅浅的海峡隔开了一份团圆的美丽。当抱着孩子的翠萍在太行山上遥望的时候，当余则成看着和晚秋的结婚照潸然泪下的时候，我心头有一种无言的痛楚。导演用最残酷的形式粉碎了人们心中花好月圆的善良，也艺术地避免了一个俗套的结局。

古装戏曲里，《西厢记》也好，《牡丹亭》也罢，一份真情总是在曲折后迎来一树花开，一轮月圆。而我也宁愿接受这样一个俗套的结局，用的就是爱的名义，让爱情圆满一次就不行吗？艺术何必这样的写实！

或许爱情的这份缺憾有着千万种的缘由，但总无法平复人们心中的遗憾，那就将其归结到缘分上吧！缘分是前生的修行，前生千百次地回眸，才换来今生的擦肩而过，百年修得同船一渡，千年的修行换来今生相守。我总算是为这份残缺的美丽找到了一个注解，爱情这块美玉上的瑕斑，原来是前生修行的不足！

其实人性本善，祈求圆满。总希望湖笔要配上一块端砚，龙井要配上一只汝窑的盏，花要好，月要圆，岂不知残缺有时也是一份美丽，太过完美，总让人战战兢兢，觉得不会长远。

玉有瑕，爱有缺，爱如瑕玉，有着缺憾的美！

简单就好

　　每年立春时节，我对冬天总存有留恋，其实我是喜欢冬天，喜欢冬天的简单明了。

　　冬天是简单的，简单到没有色彩。我喜欢冬天树上突兀的枝条，喜欢河畔枯干的芦苇，喜欢落寞的一地枯叶，喜欢"晚来天欲雪"般灰白的天空。冬天是直白的，坦诚的，没有喧哗，没有装点，简单到了素面朝天的地步，而我觉得简单就是一种宁静的美。

　　冬天里有梅，扬州和南京都是赏梅的佳处。在江南，春节前后，一剪寒枝，疏落地点缀着几粒花蕾，简单到了极致，若有风雪的渲染，就会美到一种境界。我家楼前，也有用梅命名的树，叫榆叶梅。托梅之名，却在阳春三月才开花，一开就张扬得很，从树干到枝条上，开得繁花似锦，拥挤出一树的粉气。看得心里满满的累，像是拥挤在下班高峰的地铁里。还是简单疏落的梅花好啊！"疏影横斜水清浅，暗香浮动月黄昏。"林和靖的这两句诗里，"疏"字用得最扣人心扉。

　　有一名文友，常在空间里晒出小令般的文字。她将心灵的一次次律动,风干成一段段唯美的文字,再配上一张简洁唯美的插图,不铺张,不做作,匹配着生活的心情。她常感慨写不出长文,只能这样简短了。而我觉得何必追求那样冗长的章节,这简短的文字正好插在快节奏生活的缝隙里,简短明了的美,好不拖累心情。

我喜欢吴冠中笔下的江南,画几条墨线,做房屋的轮廓;调一砚淡墨,氤氲出一顶黛瓦;青瓦着淡墨,留白为房墙。简单得不能再简单的线条和墨色,勾勒着江南的神韵。而多少人用"杂花生树,群莺乱飞"来装点江南的梦境,想画想写,都插不进笔,泼不进墨,找不到触点。而吴冠中却滤尽芳华,将江南融进了最单纯的水墨里。看着吴冠中的江南水墨,我能品出"大道至简"的人生况味来。

偶尔读到庾信的《小园赋》,觉得文体和题目有着繁复和简洁的冲突,赋是大手笔,应当铺叙汉武帝上林那样的大苑,小园怎可以为赋?而庾信偏偏为赋——"一寸二寸之鱼,三竿两竿之竹。云气荫于丛蓍,金精养于秋菊。枣酸梨酢,桃榹李薁。"小园里没有仙鹤、白鹿,没有牡丹、芍药。一切都平平常常、简简单单,一切都见于乡间水塘、阡陌地头而已,而作者却用之营造了一片简洁而自然的田园,谁又能说小园不可以为赋呢?

前几日同学小聚,都不甘地承认已到中年。而我却很平淡,中年也好吧,简单而平和。中年的日子里,可以拒绝不喜欢的各种交往,不刻意营造什么社交网络。站在生活的局外,用坦诚明了的眼睛看着年轻人,将所有的时间编制着属于他们的江湖,觥筹交错中呼哥喊弟,一派两肋插刀的豪爽,还有被酒气熏红的脸庞和满眼应酬的疲惫,都直白地写在了脸上。虽说朋友多了路好走,但是在时光中沉淀下来的真朋友,一生有两三人足矣。就如刘震云在《一句顶一万句》里说的那样,真的朋友是可以随时借钱的人,是在深夜可以打电话而不嫌烦扰的人,不求多,两三个即可。时光荏苒,中年既至,而以前信誓旦旦、狂嚼海饮的酒友,在时光的鉴定下，嘴脸渐次清晰，相望去，一派江湖落寞的景色。于是，剪掉多余的人际脉络，疏离了江湖的交换和利用，剩下的便是简单的人生——或相约垂钓，或对弈闲聊，或品茗交流，或诗文相和，简简单单，觉得此情最好！

简单就好，将生活化繁为简，如蔚蓝的天空里几点莘莘的白云，如白石老人在宣纸上寥寥几笔勾画出的写意兰草。因此我们应该恰当地为心灵留白，从此，心不再奔波，不再劳累！

生活，其实简单就好。

涵养宽容

那年盛夏，在单位值班，到了中午，我也时尚地叫了一个外卖，点餐完毕，互联网时代的优越感一下子涌上心来——真方便！

电话响了，外卖小哥的，说你们单位进不去，请到门口来取。走到大太阳底下，觉得千针直刺，每刺一下都带出几滴汗珠来。五十米的距离，我就大汗淋漓了。

但见外卖小哥，带着厚重的头盔，穿着属于他们网络平台的长袖工装，工装已经被汗水湿透，贴在了他宽厚的脊梁上。他拿着一瓶矿泉水冲洗着我的外卖包装。

"哥！不好意思，路上摔了一跤，把给您盛外卖的塑料袋摔破了。"黝黑的脸上满是灰土和歉意。一瓶水冲完了，袋子上还留着一些沙土。

我看看里面的包装，还基本完整，再看看天上的大太阳，心里想，还冲什么？那瓶水你喝了不就得了。签收，拿到办公室，打开，发现菜里面有一点沙土，细心地挑拣出去，倒还没有影响食用。

吃着外卖，天气依旧燥热，心里却生出了一丝清凉来。

趁着凉爽，晚上去超市，采购几天的吃喝用度，满满的一购物篮货品，其中包含着一袋散装鸡蛋。结账时，一个胖胖的女收银员，像一个大级别的柔道运动员一样将购物篮一把拉倒，那动作在柔道比赛里定是一个完美的一本，此时她才发现里面有鸡蛋，其中的两个已龟裂。

"有鸡蛋呀，怎么不早说！"她抱怨我了。

我心里不悦，心想：先观察，看有没有易碎品，再扫码，估计你上岗时一定是培训过的，怎么还抱怨我呢？我应该怼回去，把鸡蛋退了，没毛病！又一想，晚上要做一汤，先吃有裂纹的也无妨！

晚上的蛋花汤——西红柿、香菜、鸡蛋花，色彩诱人，家人都说好喝！

想起三尺巷的典故来：

千里修书只为墙，
让他三尺又何妨。
万里长城今犹在，
不见当年秦始皇。

这宽容带着哲学和历史的韵味。其实我心里没有三尺巷里涵养出的那种宽容，或许再年轻几岁，我也肯定会去争取自己的权益，而今天，我却平和地生出了一份宽容来。

读过作家苏心的一篇网文——《最高级的善良是心痛别人的不容易》，文章中说，一个心怀善念的人，也将被这个世界温柔以待。作家告诉人们，你的善良会被善良回报。但是我宽容别人时，的的确确没有想过这个世界会不会用宽容待我，只是觉得彼时的宽容是一种自然而然的流露，对着心，也对着那颗炽热的太阳。

当然，我也希望这个世界以宽容待我！也愿意在生活里，时时地涵养出一份宽容来！

遥想星空

春节后回城，起个大早，看到家乡的天空繁星满天，我一下子觉得自己处在了众目睽睽之下，氤氲在一片静静的温柔里。北斗就在头顶，长长的勺子把儿，像是非洲草原上猎豹飞奔时扬起的尾巴，昂扬而洒脱。在城市里生活久了，我已经久违这满天的繁星了。

我喜欢冰心的《繁星》：

> 繁星闪烁着——
> 深蓝的太空，
> 何曾听得见他们对语？
> 沉默中，
> 微光里，
> 他们深深的互相颂赞了。

今天我看到了满天的繁星都是在静静地对视着，用它们悲悯的眼光，俯视着苍穹下的万物，静对着人世间的欢乐、幸福和苦难。

想起了那年秋天看场，周围是收获的庄稼——玉米、谷子、黄豆、黑豆、绿豆、芝麻，应有尽有。脱下的粮食堆成了一个个粮堆，没有来得及碾轧的谷子、高粱攒在一起——满场堆积着沉甸甸的喜悦。我躺在用干草搭建的窝棚里，仰望着星空，但见星空浩瀚而幽深。老人说一颗星星就是一个神仙，看来仙界也不清净，很是繁华。听着秋虫吟唱着生命轮回的调子，让我生出一种草木一秋的落寞来。慢慢地，星光在眼前模糊起来……早上醒来，秋霜干洗了我的头发，但见天空一碧如洗。

中学时上音乐课，老师教唱《望星空》："夜深沉，难入梦，我在遥望那颗星……"音乐老师说歌词中的那颗星就是伟大的祖国，要求我们满含着赞颂的情感吟唱。而我始终不能将这样的一首抒情的歌唱成一首赞歌。夜深人静时，洗净心灵的铅华，暂避生活的烦扰，将一颗心无遮拦地交给夜空，将最隐秘的浪漫、煎熬以及苦中带甜的思念，拿出来在星光下晾晒，让心灵静静沉浸在星空之中，于是想，那颗星不可以是高山流水的知音吗？不可以是互相倾诉的闺密吗？不可以是羁绊在驿站的游子心中的家吗？不可以是分居两地的恋人心中的彼此吗？

古人喜欢咏月，少写繁星。在繁星中出镜率最高的是牵牛和织女："河边织女星，河畔牵牛郎。未得渡清浅，相对遥相望"。这是孟郊的咏叹。"银烛秋光冷画屏，轻罗小扇扑流萤。天阶夜色凉如水，坐看牵牛织女星。"这是杜牧吟唱的。我突然发现，月亮多代表思念，明月千里，可寄相思，而星星代表着坚贞的爱情，而坚贞的爱情是不需要大肆渲染的，需要如繁星般默默地坚守，见或不见，依旧在那里。

是啊，见或不见，那天繁星，那天寂静，依然在那里。

愿生活静好

  我喜欢清静,用当下时髦的一个字形容就是"宅"。

  喜欢在书斋里静思己过,不论人非。作为一个读书者和教书者,始终背离着"读万卷书,行万里路"的准则。也曾经到过西子湖畔,才知道西子湖已经不是一个可以静坐发呆的佳处,不收门票的西子湖,人多得像是农村的庙会,游客摩肩接踵,汹涌而来,将西子湖的那份温婉绰约冲击得荡然无存。看来"钱塘自古繁华",而今尤甚。动身前曾经想安坐于断桥边,静观粼粼的波光,抑或泛舟于三潭印月旁,聆听闲适的桨声,但这些愿望都落空了,今天的西子原来如此的外向,如此的浓妆!

  去凤凰古城吧,去找寻《边城》的宁静,但是读了陈忠实的《再到凤凰山》,知道那里已经没有了沈从文式的古朴静雅;那就到丽江古城吧,去过的朋友说,那里的游人几乎踏碎了城中的石板路。

  于是,我回归了。

  单位的办公楼翻建,校长给了我们自由选择办公地点的权利:看到哪间房子空着你就占。我选择了一间阴面的不足十平方米的小屋。置一桌、一椅、一书橱，养草竹一盆、吊兰一挂、太阳花一束，挂书法一幅，上书"上善若水"，再泡上绿茶一杯。于是我便在这间斗室里栖身了。

小屋挨着楼道的一侧没有窗户，关上门便有一种"躲进小楼成一统"的况味，安静而少人打扰。透过门，偶尔传来琅琅的读书声："君子曰：'学不可以已，青取之于蓝，而青于蓝……'"这散发着文化气息的声音，如天籁一般，悦耳怡情。此所谓"蝉噪林逾静，鸟鸣山更幽"，这琅琅的书声，反而让小屋溢满了宁静。

此情此景，适宜开卷。于是读张岱的《陶庵梦忆》，读沈梅逸的《浮生六记》；读林清玄的禅意散文，读刘震云的社会小说。处其间，无丝竹之乱耳，有案牍之劳形。工作虽然很累，但是一进斗室，便将心灵交给了这一片宁静的空间。

于是拿起笔，写下几行性灵的文字，或诗或文，可长可短。没有发表的目标，只有怡情的意思。记录下自己养的一盆杜鹃花的生命历程，写写自己骑着单车出行的感悟，渐渐地，在这个四季没有阳光的小屋里，常觉得有一米阳光，在缓缓地流进，流进了我的心里。

前几天去北戴河，已是仲秋时节。北戴河已经摆脱了夏天的繁忙，显得异常的清静。走在金山嘴的街道上，像是走在阿尔卑斯山的一个小镇上。原先不宽的街道显得宽绰了不少，只是偶尔驶来一辆出租车或是公交车。道旁的松树依然苍翠，风过处，抖落下根根金黄的松针，簌簌落地。银杏树的叶子金黄金黄的，辉映着秋日透明的阳光。路边的草丛里，各种昆虫在举办本年度最后的一次演唱会，有独唱有合唱。一切是那样的静美，静美中又蕴含着丝丝的落寞。

喜欢此时的北戴河，她远离了拥堵和嘈杂，显得静谧而安然。在被松柏荫蔽的人行道上踽踽独行，安静地品味着街边的秋色，街旁铁艺的休闲座椅上落着几片白杨树的叶子，看去像是一幅法国印象派的油画。松树的枝丫间漏下一丝丝的秋阳，一闪一闪的，不时地温暖着心灵的岬角。此时隐隐地听到了东边的涛声，喧嚣是那样的遥远，觉得风景这边独好。其实生活里的景致不一定是著名的景点，而是契合心灵的一点色彩，一条街道，一段路程。

走着，走着，想起了胡兰成写在张爱玲婚书上的那几个字：岁月静好，现世安稳。说实在的，我不羡慕政治家的短暂风光，也不羡慕成功商人的金色辉煌，我只愿在一个安静的地方，搁置下自己的心灵，过着这般静好的日子，也愿意世界永远这般宁静，这般静好。

细节的感动

生活中有许多细节常让我感动。

结婚不久，口干舌燥地讲完四节课，迈着沉重的脚步回家，将自己的身体重重地摔在沙发里，闭上干涩的眼睛，养着元气。此时，却闻到一股淡淡的茶香，一下子精神了我疲惫的心灵，抬起沉重的眼皮，看到了一盏浅黄透红的茉莉花茶，氤氲着茶香。端起这杯茶，让清香的蒸汽潮湿着干涩的眼睛，并润出了两眼幸福的泪水。厨房里传来了妻子刺啦刺啦地炒菜的声响，合成了一曲温馨的家庭交响，一下子觉得自己生活在幸福温暖的烟腾火气里。转眼间二十年过去了，总想起那杯散着淡淡清香的花茶，那是步入家庭生活的第一份温暖，是幸福婚姻的一个小细节，是一份想起来就温暖的感动。

那一年暑假带着孩子回家，被迫在北京倒车，9路车上人山人海。当时孩子发着高烧。我用自己的身子为5岁的儿子挤出一个空间，护着他那瘦小的身体。渐渐地我体力不支了，看着车窗外驶过的汽车，心中涌动着属于一位父亲的自责。车里像是装好的一锅饼子，在接受着蒸汽的熏蒸。孩子抬起疲惫的眼睛看着我。我感到了绝望，觉得9路车怎么这么慢啊。此时一个肥硕的手把孩子揽到身前，让儿子坐在了她的膝盖上。我看到了一个中年女子，一头的卷发，圆圆的一张金盆大脸、脖子里赘肉上深深地刻下了两道肉痕。而那时的我却觉得那张脸是那样的美丽、亲切。

"谢谢你！"我长出了一口气。

"谢什么，瞧，这孩子多可爱！"她说。

我到现在还记得那只手——胖胖的，柔柔的，那是世上最温情的一只手。

骑车下班，看见路边修车的大爷扛着一个大树杈，沿着马路行走。看我飞快地骑来，发出了一声粗暴而模糊的喊声。我觉得相当的刺耳："你嚷什么呢，没劲！"骑行了五十米，我发现路面上的一个下水井张开了血盆大口，黑洞洞地不知深浅。这时候，我才意识到那粗暴的喊声是在提醒我慢行。第二天我看到那个大树杈醒目地长在下水井口，像一棵高高的消息树，给过往的车辆和行人预警。再次骑过井口，有一种莫名的感动。

想到了去年暮秋时节，骑车路过外环路，看到路旁那一带整齐的白杨树，如南方的翠竹整齐而挺拔。此时的杨叶变得黄灿灿的，在寒凉的秋风中，唰啦啦地落了一地，让人十足地体会到了"无边落木萧萧下"的况味，心中涌起"人生一世，草木一秋"的悲凉来。秋风将杨树吹成了一树的枝杈，显得苍凉而落寞。我却在杨树的最高枝儿上看到一片叶子，以最坚强的形式坚守着自己的生命周期，在秋天的舞台上独自歌唱。我突然喜欢上了暮秋的这一细节，在我心生脆弱时，我总是想起白杨枝头那片孤独的叶子。

平时我们走马观花地过着粗线条的生活，在快节奏里，生活成为了活着，苍白而空洞，只剩下了匆忙、疲惫、抱怨和麻木。如果我们静下心来，体会一下一杯茶、一个拥抱、一句提醒、一个物候的感动，我们的心会因此变得温婉、平和而幸福起来，这才是生活的本质。

　　生活的细节恰如一枚枚草芥，我们可以用它搭建起一个安静的心灵小屋，然后把心灵搁进去，去做一回闲散的武陵人、桃花源的访问客，岂不更好！

没有理由，那才是真喜欢！

去绍兴的沈园，同去的一个朋友去了多次，依然前往，还说没有理由的喜欢才是真喜欢。

以前，不理解戏曲票友，一出戏让他们看透了，听熟了，每个行腔，每个身段都烂熟于心，但是一有机会还是到戏园子里去捧角：或全神贯注，恰当时候给角儿一个碰头好；或者闭上眼睛，摇头晃脑地在大腿上打着节拍，嘴里哼着曲牌——完全陶然于世界之外，是一种发自内心的享受和喜欢。在这个信息千变万化的时代里，他们抱残守缺地坚持着一份喜欢，喜欢得讲不出理由。

现在想来，喜欢其实不需要理由！

在时下最火的一类鉴宝节目里，一些宝物都告别深闺，出来和大家见面。盛世搞收藏嘛，我们也跟着开了眼界。藏家们在节目里分享宝物的同时，也分享着收藏的感受：一眼看到，就是喜欢，不计价格将它收了回来——一种俗世里才子佳人一见钟情的况味，喜欢得没有征兆，没有理由。是啊，想想也真是的，一件青花，一块温玉，一幅字画，一种莫名的喜欢，在相逢的一刹那里产生，似三生石畔前生的约定——你，我喜欢，没有理由！

中学时候，看金庸的《射雕英雄传》，愤恨于杨康的认贼作父，恨得牙根痒痒，有着喝其血吃其肉也不解心头之恨的冲动，也想着仗剑走江湖，手刃了这个汉奸败类。可是那个叫穆念慈的姑娘，对戴着虚伪面纱的杨康是喜欢的，对本性毕露的杨康还是喜欢的，喜欢得没有道理，喜欢得没有原则。我只能长叹一声——难不成是前世的一份孽缘，需要今世才可以了断？如《红楼梦》里的神瑛侍者和绛珠仙草一样，情天怨海里，喜欢得不讲理由。

一切都不能解释了，于是我们就用一个"缘"字来解释。问世间缘是何物？是前生的一份亏欠，还是前生的一份施舍？其实说不清的一切情感，本身就是一种朦胧的美，直叫人莫名地喜欢。

喜爱高山的崇高，喜欢北京胡同的清幽，喜欢江南的文雅，喜欢大漠的苍茫，总是带着一个理由去喜欢，这喜欢里带有或多或少、或浓或淡的功利，就会让喜欢变得不再纯粹。

芸芸众生中，大千世界里，总有一种莫名的喜欢，不计得失，没有理由，那才是真喜欢！

美丽需要距离

　　喜欢园林中的树墙，被整齐地修剪成各种样式，觉得绿色在那里变得坚实，变得厚重，有了规模，有了气势。

　　园林工人为了整理单位的绿化带，移植一段柏墙。我才发现，原以为厚重的绿色只是浮在表层，柏墙内部，积淀着太多的落叶和枯枝。这没有距离的拥拥挤挤，阻断了阳光，也阻断了绿色，一下子觉得那柏墙是那样的脆弱，那样的中干。

　　时值寒冬，在朋友家的客厅里看到一盆蜡梅，曲折古朴的枝头点缀着几粒梅花，有的静美地开着，有的含蓄地吐着蕾，这梅花的韵，在于它疏朗淡雅，在于花与花间的恰当距离。

　　相较于蜡梅，我不喜欢春天盛开的榆叶梅，除其少了傲雪凌霜的风骨之外，它那繁复的枝叶，霸道地占据了我全部的视野，而那拥挤的花朵，从树干开起，一直开到枝叶的顶端，就像一串串密实的糖葫芦，又像一大群蜜蜂依附在沾满糖蜜的枝条上。从榆叶梅下走过，常被这繁腻的春色压着，透不过气来。

在电视剧《手机》里，刘震云以生活的本尊出现在电视剧里，接受严守一以"朋友"为主题的访谈。他说：衡量朋友有两个标准，一是可以在任何时候给他打电话；二是可以向他开口借钱。深闺中的密友，江湖中的兄弟，推心置腹，高山流水，常觉得有这样的朋友才幸福。我想即便如此，朋友之间也需要一点距离吧，让彼此有一个独立的空间，让生活的阳光静静地流入；在风雨中跋涉时，送上一把古朴的油纸伞；在人生的路口徘徊时，提出自己最真诚的建议，然后静静站在一边，送上一抹真诚的眼神。不要期盼相见与相守，有道是："或圆或缺，月总在那里；或见或不见，花总在那里。"不分彼此的友情，会因为挡住了彼此的阳光而疏远，而黯淡。

想起民国时期的林徽因来，她是那个时代里的一朵莲，开在了光阴的长河里，周围是接天莲叶，簇拥着唯一的一朵。徐志摩想靠近，想拥有，却失去了；金岳霖始终保持着一定的距离，涵养着一份眷恋。而林徽因最知道自己该倚着哪一片莲叶，于是选择了梁思成。我还是敬佩金岳霖先生的，虽然苦在了心里，但也美在了心里——只是因为他保持着和朋友该有的距离。

站在恰当的距离上，去欣赏一枝寒梅，在欣赏了一剪梅韵的同时，也欣赏到了那一天作为背景的飞雪；站在恰当的距离上，欣赏一簇疏朗的秋菊，在嗅到那一缕冷香的同时，也看到了作为背景的如洗的碧空。

我愿意和一切保持恰当的距离，只以美的名义！

平稳就好

某明星落魄了，骑着电动车，穿行于小巷，吃着八元一碗的面条。这让娱记们唏嘘不已。曾经红极一时，而今落魄沦落，生活将其推向人生的顶峰，又将他甩向了平淡的谷底。大起大落中，生活摆出了一副公平的面孔。

曾经拥有显贵，尽享荣华，也应该耐住寂寞，托住落魄。须知生活不会只钟情你一个人。而我们所能做的就是在繁华的日子里，减去张狂，心怀仁慈，用一颗感恩的心，感谢上苍赐予的荣华与阳光，回报生活对自己的偏爱与眷顾，唯有此，这缕生活的阳光才可能更持久、更灿烂！

即便如此，我们也不能完全把住生活的舵，也会在我们努力的操控下，滑到事与愿违的低谷。生活似乎总是决绝而无情，而我们在生活面前总是落魄而无助，在过去的荣华与显贵的衬托下，这份失落要比失落本身沉重的多。于是便抱怨生活的冰冷，祈求上苍重新眷顾，但是生活的荣华与风光似乎是一个定数，你已预支，余额不足。既如此，我们就该用一颗平常心去对待，在曾经的荣华和如今的失落中找到生活的平衡，于是心平和了，世界也就不再冷漠！站在生活的谷底，无论选择哪个方向，都是向着高处前进，物极必反，否极泰来，只有坚持和承受，才能换回生活的眷顾，重新走到生活的顶峰。

这个世界是大家的，不只属于你。世有荣华，也有落魄；荣华有人享受，落魄也应有人承担。当生活在某个时段眷顾了你，你也该淡定的替生活背上那份落寞，用生命的温度体会秋茶的苦涩，因为这个世界从来不养宠儿！

生活中，我们会羡慕别人，是因为我们只看到了别人的顺利，别人的风光。而生活中的人们也多是将最光鲜亮丽的一面示人。若是沉下心来，聆听别人的生活史，除了可以示人的光鲜亮丽以外，还总会有一把心酸的眼泪。

我们用尽全力，追求着生活的完美，但是似乎每个人的奋斗史里都是败多胜少。如果有一天，我们将生活打理得完美无缺，这份完美就会在某个安逸的瞬间坍塌，其实缺憾是生活这一架天平的一个托盘，平衡着生活的完美。

母亲经常说，天下没有舒心的人，平稳就好。相较于大起大落的过山车似的生活，我反而喜欢书本里面某一行文字下面的波浪线，尽管有着细微的起伏，但大体上还算平稳！

其实，生活中平稳就好！

生活的度

偶尔翻翻《三国演义》，读到《王司徒巧施连环计，董太师大闹凤仪亭》一章。觉得王允、貂蝉父女的连环计真是绝妙，玩董卓、吕布父子于股掌之间，纵横捭阖，游刃有余，一切尽在掌握。最后董卓暴尸街头，长安一片欢庆。

然董卓已经除掉，以李傕为首的董卓的四位心腹大将逃回了西凉，树倒猢狲散，四个人上书要求朝廷赦免。在一场政治斗争中刚刚取胜的司徒王允，则是采取了斩尽杀绝的策略，逼得四人在贾诩的帮助下，杀奔长安。吕布虽然勇猛，但是恶虎难抵群狼，败退而去。王允则被四人所杀。之所以如此，就是王允在清除董卓的党羽时，度没有把握好，将本可以争取的对象，逼成了自己的敌人。与之相反，清朝的嘉庆皇帝处理了贪官和珅，举国欢庆。但除和珅之外，嘉庆皇帝对和珅的党羽既往不咎，于是，实现了政权的顺利过渡。是斩尽杀绝还是网开一面，这个度考验着政治家的智慧。

生活里也需要把握好一个度，最好拿捏得恰到好处，不愠不火，不偏不倚。

在中央台的《健康之路》节目里，中医专家给观众提供了中药泡酒方子，药酒补阳气，方子里却有着很多滋阴的草药。专家说中医强调辩证，阳从阴求，阴阳互补，稳步改变，不可以一个劲儿地补阳，过了度就对身体不利了。中医学建立在中国的哲学之上，让人觉得踏踏实实的，尽管现在有人试图全盘否定它。

三伏天气，好生燥热，今年的三伏共计四十天，想想就觉得生活太过于热情，煎熬着怕热的我。我被热得忍无可忍的时候，就去查"伏"的意义，朱伟先生在他的书里说，伏就是潜伏的意思，在盛夏来临，阳气喧天时，阴气已经在悄悄地潜伏，伺机而动了。看了这段解释，盛夏中的我顿觉生活充满了凉凉的希望。——任凭盛夏狂虐，怎奈已经是强弩之末，热浪只是盛夏最后一次狂欢而已。

其实，自然的度需依着自然的规律而行，从这个度走向另一个度，周而复始，阴阳转换，在自然的左右摇摆中，日月星辰，山川河流，花草树木按照固有的路子运行、流动和发展，不变而永恒。

读唐代刘希夷的《代悲白头翁》，"年年岁岁花相似，岁岁年年人不同，寄言全盛红颜子，应怜半死白头翁。"青春鼎盛时，谁会想到垂垂暮年，那是遥远的将来，暂时可不必考虑。暮年却是人生的一个必然结局，而这个结局还是一份不易得到的圆满。在大多数情况下，得意时忘乎所以，失意时呼天抢地，总之一旦度没有把握好，人生就可能坐一次过山车。

《菜根谭》中说："花看半开，酒饮微醉。"这恰到好处的状态，其实就是生活中的度，也是一种最为恰当的况味。

意外有时很美丽

早上骑着单车上班，动身晚了一小会儿，只好用环法自行车赛的速度骑行。喘着气，淌着汗，总算是到了单位，估摸着是踏着点进入校门，本想铃声会像鞭子一样抽来，可竟没有听到铃声，不由得惊叹起自己的速度来。

从茶桶里抓出了几叶龙井，放入玻璃茶杯中，迈着大步去接水泡茶，接到了半杯才意识到接的竟然是凉水。触碰一下饮水机的开关，发现今天竟然停电了。口干着，心悔着，索性接了满满的一杯凉水，算是对自己这个粗心的恶毒报复吧！

低头处理手头的工作，不觉头昏脑涨。抬头活动一下僵硬的颈椎，意外地发现，凉水却泡出了一杯淡绿的茶，那绿色浅浅的，有着"草色遥看近却无"的意蕴，透亮得让人心动。打开茶杯，看到龙井那扁扁的茶叶被冷水唤了个半醒，缱绻着，似乎还没有从一场沉睡中彻底复苏。开水浸泡的绿茶，只有短暂的绿意，不久茶叶、茶色便泛黄了，而我杯中的茶叶，却被这杯凉水洗出了一袭嫩嫩的久远的绿。嗅一下茶香，淡极了，是一种细微缥缈的青草的味道。这气息我在春草弥漫大地时，在露珠闪耀的早晨，赤着脚走过草地时闻到过。

　　茶叶在慢慢地苏醒，悠然沉到了杯底，杯中那淡淡的绿意，在杯壁上那簇墨兰的陪衬下，淡然而纯净。这份纯净，随着茶香弥漫开来，浸润到了我的心里，一扫此前的焦躁和懊悔，觉得意外有时也是美丽的。

　　邂逅是另一种意外吧。中国传统戏曲中才子佳人相逢，都是用邂逅来开场。普救寺里，张君瑞邂逅崔莺莺，演绎了待月西厢的佳话；断桥边的一场意外的小雨，白娘子才借到那把为爱情遮风挡雨的伞。但我还是从故事中走出，在现实中找寻意外的美丽，这让我想起了红叶题诗的故事。

　　唐朝天宝年间，诗人顾况在长安御河边意外地捡到了一枚题着诗的红叶：

　　　　一入深宫里，
　　　　年年不见春。
　　　　聊题一片叶，
　　　　寄与有情人。

　　顾况将红叶收起，似乎收起了一颗郁郁幽怨的灵魂，也觉得有慰藉一下这个思春女子的必要。于是在另一片红叶上提笔写下了这样诗句：

　　　　常见莺啼柳絮飞，
　　　　上阳宫里断肠时，
　　　　君恩不避东流水，
　　　　叶上题诗寄与谁？

在御河上游，顾况投下了含着同情和爱意的红叶，这带着灵性的红叶也竟被那题诗的宫女意外地收到。安史之乱中，唐明皇西逃，宫女得以离开那森严的宫闱，并凭着这两片红叶，成就了和顾况的美满姻缘。

以前读这段浪漫的爱情野史，便探究其细节的真实。常想，在用毛笔为书写工具的时代里，一片红叶如何写下满载着宫怨离愁的20个文字？又是怎样的浓墨，使得这红叶在御河里漂泊，而又不褪去这伤秋而又思春的墨色？

现在想来，觉得自己是那样的现实，现实的不通情理，现实的都没有给美丽留下一点空间和余地。承认这份意外的美丽又何妨呢？承认它不就是同情深宫中一段幽怨的青春吗？承认这片红叶的神奇，不就是在成全有情人终成眷属的美好吗？现在想来，只有那沐霜而红的叶子才能承载起满含着哀怨青春的笔墨，这片题诗的红叶，其大如天，可以填上怨海情天般的愁绪，而那见证了寂寞青春的御河水也不忍心洗去饱含着同情和爱意的线条。其实不必苛求其中的细节，意外是如此的美好！

意外有时是一种美丽，飞行的蜜蜂一头撞进了松脂里，成就了一个晶莹的琥珀，一个细小的白沙误入河蚌的酥胸，成就了一颗晶莹的珍珠。而在芸芸众生中，邂逅一位让自己怦然心动的丁香般的女子，需要几百年的修行。由此看来，美丽的意外是一份前生的修行，一点宿命的缘分。

夜静更深时，拿起时间的笔，填写生命的履历，我们会发现，其实美丽不是意外的底色，意外甩给我们的多是遗憾、叹息、伤痛和失败。于右任老先生有这样的一副对联：不问八九，常想一二，横批是如意。这八九就是人生的不如意吧，而这一二可以理解为意外的美丽。让我们留心这份意外的美丽，留心它，可以让我们在生命的浓重云层中找到一个能够透过阳光的空隙，从此我们的生活便有了一段洒满阳光的距离。

意外有时很美丽。

清浅

春过后，花便不再是朋友圈的主话题了。

在微博、微信里，没有人再晒春天的图片。花盛于春日，各色花朵，齐集开放，灿烂了一份心情。而色彩斑斓、轰轰烈烈的日子，也多少让人感到了些许的疲惫，总希望清浅一些，这不免有点恨春的矫情。

"芳菲过尽何须恨，夏日阴阴正可人。"喜欢初夏，从芳华无尽中走来，日子便剩下了一份单一的浅绿，变得清浅起来。

夏日的静午，小憩醒来，蝉声萦耳，鸟鸣有声，便觉静到了极致。心灵从一切人世繁杂中走出，只剩下了一抹浅浅的静谧。虽然醒来，我还是喜欢静静地躺上一会儿，让身心处在清清浅浅当中。

我认为，世界上最贴切的比喻是将秋水喻作眼睛，秋水清浅明澈，而望穿秋水也是最透亮的一个成语，是通过一份清浅透视了心扉，是一种彻骨的遥想。而我觉得只有婴儿的眼睛才配得上秋水一词，因其清浅照人，一泓清澈的瞳仁里，少有成人眼里深不可测的复杂。

清浅的水也可以作为一剪寒梅的背景和陪衬。"疏影横斜水清浅，暗香浮动月黄昏。"林和靖写梅花已无出其右了。而我喜欢他给梅花搭建的背景——清浅的一泓浅潭，配上一弯浅月，辉映着黄昏的时光。枝不密，花不繁，香不浓，像是铺上一张宣纸，用浓淡适宜的墨，浅淡地勾勒出的一幅画儿——这清清浅浅便是林家花园的底色吧！

喜欢写意的水墨山水，浓淡相间里便是苍松翠竹、高山流水。浓墨显近物，淡墨表远意。浓浓淡淡，清清浅浅，却给人一种辽阔无边的意境。而写实的工笔，在求真求实里，再现着山水花鸟的细节，除了惊叹画工的精细之外，没有给观者空下一点留白。

其实，大美至简，大道也至简！

明代戏曲家高濂有一篇小文叫《山窗听雪敲竹》，百余字而已。

飞雪有声，惟在竹间最雅。山窗寒夜，时听雪洒竹林，渐沥萧萧，连翩瑟瑟，声韵悠然，逸我清听。忽尔迥风交急，折竹一声，使我寒毡增冷。暗想金屋人欢，玉笙声醉，恐此非尔欢。

这是何等清浅简单的生活，大雪之夜，听飞雪在竹间窸窸窣窣的飘落。将"声韵悠然，逸我清听"与"金屋人欢，玉笙声醉"对比，无须多言，你便知道心安是此处。

读诗文，最喜欢一个典故——东篱！只要在诗词里读到，便觉得菊韵淡淡，酒香氤氲！陶潜在官场的樊笼里，纠缠了太久，归去来兮，于是过着一种荷锄晚归，采菊东篱的日子。从此后，无须折腰，无须仰视，将身心从一团复杂的人世汪洋里捞出，晾晒在南山之上。"此中有真意，欲辨已忘言。"这份真意不可言传，或许也不愿说出。

人总是经历一番轰轰烈烈后，才会珍惜清清浅浅的日子。这份清浅不是对生活、对朋友的疏离，而是在繁花似锦的日子之后，退掉斑驳陆离后的本真。这份清浅如山间的溪水，清冽甘甜，不浓不淡，恰到好处！

其实，生活的境界就是沏上一杯绿茶，欣赏一幅水墨山水，轻轻的，浅浅的。

黑白之间

我喜欢江南的古镇，喜欢那黛瓦白墙的韵致。

去婺源，吸引我的不是那满山的碧绿，满地的金黄，而是山脚河畔，静立的几处村落。小村皆黛瓦白墙，以大片的金黄和碧绿为底色，呈现出独特的水墨韵致。

说起水墨的韵致，使我想起了书法家挥毫泼墨的场景——铺开一张宣纸，磨一砚散着幽香的浓墨，提一杆洁白的长锋羊毫，气定神闲后，饱蘸浓墨，或写下端庄的正楷，昭示出心头的严谨；或笔走龙蛇，挥就几行流畅的行草，张扬一下心中的激情。白锋黑墨，白纸黑字，相得益彰。最有韵味的是字体中留下的飞白，墨色随着笔锋而去，却在笔画中留下一块儿白色的飞地，我常想，这飞白是一份踏雪无痕的雅致，是一份偶然天成的自然。这飞白让凝固的笔画有了动感的韵味，抑或苍劲，抑或飘逸，恰如戏曲舞台上武生舞剑时挽出的剑花，又如旦角轻轻甩下的洁白的水袖。

平时喜欢看戏，喜欢看青衣的表演。特别是那家境贫寒而又明大理、识大体的女主角，舞台上总是一身黑裙，掐深蓝色的边，配着长长的洁白的水袖，黑白之间显示着素淡静雅。只见她轻移莲步，斜托水袖，在文武场的伴奏下，雅致到了极限。中国戏曲的舞台上，女性人物多是浓妆，光彩照人，花旦的俏丽，刀马旦的威美，老旦的成熟，都不及这青衣的一袭黑裙，一条水袖。

有时我想，这黑白的境界可以在书斋里吧，约上一位至交，摆上一方竹制的茶几，放上方方正正的棋盘，青花的园钵里盛满了黑白两色的棋子。其侧放着圆圆的两个紫砂茶壶，壶中泡上几叶绿茶。再以轩窗外几竿绿竹为陪衬，便可以在黑白世界里手谈了。

食指和中指夹着一枚晶莹的黑子，清脆地落在点位，白子以同样的清脆之音应答。快时落子如雨，慢时落子悠长，一张一弛，文武兼备，黑白之间演绎出万种玄机。看央视春晚的舞蹈《对弈》，王亚彬与邱辉将黑白的世界演绎得那样充分：有上古祖先围猎的画面，有将帅们运筹帷幄的气韵，有贤哲们得与失的思考……正所谓"世事如棋局局新"呀！

"啪！"落下最后一子，抬起头，但见月上三竿，屋外气爽风清。

我突然想起了在老家抗旱种地的经历来，一天24小时轮班浇地，我也曾轮到了一次夜班。夜里繁星满天，接近黎明时，黑夜报复性地反攻，不久东方就出现了黑白交融的一线，泛出了一缕青白的天光，如青花瓷上青色向白色过渡，肃穆宁静地让人屏住了呼吸，那真是人间最肃穆的色调呀！黎明前的长夜太过于沉重，而日出时的朝霞又过于妖冶，只有这黑白交织的天光，是一份中庸的淡雅。

喜欢自然中的黑色与白色，黑白分明是清明，黑白融合是淡雅。这清明是繁华落尽，这淡雅是简约自然。人生中也应有这黑与白的境界，在是是非非前清清楚楚，在功名利禄前淡泊从容。

我愿静处在黑白之间！

月白

我喜欢一种颜色——月白之色。

昨夜安好，月不孤独，天空中布局着几片白云，与月为伴。云托着月，将一轮皓月衬托得有些泛青；月映着云，将夜晚的云朵镶上一圈月白的边儿。那是一种久违的月白之色，在子夜时分，透过轩窗，静美的让呼吸都变得轻缓起来。

小时候，故乡的女子，春夏时节多是一身月白色的衣裙。正如江南的小镇，悠长的雨巷里，一把红色的雨伞，成为了那条石板路的点睛之色一样，月白成为了故乡妮子们着装的主流之色。白中透着淡淡的青色，是用一种草浸染了白布制成，白中见蓝，若有若无，像是宋代汝窑的青瓷，只是青色微茫了一些罢了。而今，手工染布的手艺已经消失，也少见身着一身月白衣裙的女子，在阡陌上缓缓地走过。

其实到了中年，月白之色才真正走进心里。儿时也喜欢寒冬腊月里昭示喜庆的大红，在经济拮据的日子里，父亲写一副对联贴在大门上，将苦日子乐观地去过，也成为了镌刻在童年记忆里的最美回忆。上初中时喜欢绿色，上学的路上，有两排小杨树，叶子比白杨树要小，萌叶要比白杨树早，早春里的一排绿意，清爽了心情，觉得那绿色就是一段蹦蹦跳跳的青春。

　　一个深秋的夜晚，打谷场上堆着一年的收获，弥漫着秋天稻谷的香气。父亲身体不适，我鼓足了十六岁男孩的勇气，替父亲看场。我用几束谷秸搭成一个简易的三角形窝棚，躺下来，但见星夜阑珊，一轮圆月当空，月白的光芒笼罩着一切。夜像三四个月的婴儿的眼睛，有着不杂一丝纤尘的简单与纯净。也像是一段隐居的日子，过滤了俗世的功名与困扰，只剩下了纯粹和简单。秋虫在用生命的最后时光，渲染着月白的宁静，觉得时光恰到好处地停留在了一个秋夜里，我用一份月白将心灵催眠，去追寻一段安静的梦。早上醒来，一头清霜，那是昨夜的那份月白，在我头上悄然留下的一段吻痕。

　　月是故乡最恰当的替身，每每思乡的时候，我心里总是泛起那夜漫天漫地的月白。

　　于是想，李白的诗歌是月白色的吧。"床前明月光，疑是地上霜。"青霜中的一缕乡情，染上了月白之色，清美的愁绪，在诗歌写完的那刻起，就注定了流行，注定了千古。"玉阶生白露，夜久侵罗袜。"白露可是借了月色的白？李白写月亮的诗歌里，我最喜欢的是他的这几句诗："花间一壶酒，独酌无相亲，举杯邀明月，对影成三人。"花间有酒，当是美事，怎奈孤独袭来，便与明月相邀，畅饮一杯。后人给李白画像，多是取自这首诗歌的意境，但见李白一袭长衫，头顶双翅纱帽，面如朗月，长髯飘飘，仰头举杯，但见明夜当空，白云冉冉。简单的线条勾勒，不着一点色彩，但是我始终觉得李白一定穿着一袭月白的长袍，因为只有这种色彩才契合李白的心境，才配得上这千古的诗篇。

　　读明清的小品，于字里行间欣赏着月白风清之境。对着一窗明月读归有光的"三五之夜，明月半墙。"这半墙的明月一直辉映在心里。而陈继儒的小窗之下则是"一轩明月，花影参差；沙林竹色，明月如霜。"读着这样的文字，不醉也是醉了。

一天青白色，清明多少人。或许在"为赋新词强说愁"的年纪里，看到这对仗整齐的句子，于是便喜欢上了。而今我透过这些佳句，体会到了人生月白风清的境界——世俗的喧嚣已经渐渐远去，繁华落尽，渐渐看到了人生淡泊的底色，不惑的年华里，独喜这一天的月白，让人坦然，让人安定！

越来越喜欢这份月白之色了。它白得含蓄，青得韵致；不张扬，不浓烈，分寸拿捏得恰当。于是在三五之夜、花好月圆之时，我总是去寻那一天的月白。

中年随想

中年的日子里，光阴是人生的诗行里最扎眼的意象。

小时候，父亲和叔叔、伯伯们一起聊天，话题多是对光阴的感慨——"真快呀，说老就老了，小五十了。"急着长大的我觉得光阴是那样的拖沓，一点也不理解父辈们对光阴飞逝的感慨。

春节回家，我问小侄子几岁了？他说十一了。母亲赶紧纠正他："你才十岁！"他却鼓起小嘴巴，振振有词地说："老师说，过了阳历年长了一岁；奶奶你说，过了阴历年也要长一岁，那么我长了两岁，不就十一了吗？"日子之于侄子，还是那般的缓慢，需要自己去加快它的节奏。我一下了从侄子身上找到了自己童年的影子，理解了他渴盼长大的心情，于是用手轻轻地抚摸了一下他的头。

而今我也到了父亲感慨时光的年纪，才理解了父辈们对光阴的感慨——他们在缺吃少穿的日子里，依然觉得光阴是那般的匆忙，而今我在衣食富足的光景里，在忙忙碌碌之后，静下心来，发现中年的光阴是那般的薄情。

试着做一次半程的人生总结吧，总结时才发现，在上有老下有小的人生境况里，其实没有什么可以捡拾的往事，于是对虚掷了的光阴，有了万般的不舍，怎奈人生的的确确是一场单程的旅行。

心灵如此，身体如何呢？由于一日三餐不减，锻炼的机会不多，于是中年人就给身体选择了一个动听的名字——发福。腰椎、颈椎、血糖、血压，一起围攻上来，但是中年的你我必须漠视这一切，中年的身体不只是属于自己，还属于老老小小的一家。可转念一想，这何尝不是一次肉体的新生呢？是一种以前没有的全新的生命状态，只是不能涉及生命的质量。

在身体"新生"的时候，心也渐次走向细腻，走向了深刻，也走向了淡泊。520到了，商家们凭着精明的商业嗅觉制造出的节日与妻子的生日叠加，显得意义格外重大。晚上，我从一个活动现场赶回家，来组织一次生日宴。中年的一切如一幅淡墨的山水，色彩已不再丰富。但是我还是力争让其有一点仪式感，算是对忙忙碌碌的生活做一次变奏。

"去哪里庆生呢？"

"附近有家山西面馆，去吃一碗长寿面，步行去，步行回，如何？"

一拍即合，说走就走。初夏的风携着大海的气息，舒爽地扑面而来。路两旁的银杏挺立，晚霞红艳。

我们点了两碗面，两个凉菜，一瓶啤酒。

清脆地碰杯——生日快乐！

我们似乎心有灵犀地放弃了蛋糕，放弃了玫瑰，放弃了烛光晚餐，将庆生宴简化到了最廉洁的地步。这是最简单的庆生吧，是对逝去光阴的一次薄奠，更是对未来日子的一次祝福，平淡而安然！

买单后，打包剩余的凉菜，选择一条灯光简约的街，慢慢地走，随随便便地聊。我说我的一位朋友也进入了中年，妻子长得很胖，身体不好，脾气也很差，但是朋友却待之温情如一。大家不解。朋友却说："我是不能把这个负担推给社会呀！"

"这是最感人的中年情话！"

"是，不需太长，一句足矣！"

我们又聊到了贝聿铭和他的建筑，简约中透着疏朗和大气。

"我到现在才理解了什么是大道至简。"

"还有大音希声，大美无形，还有今天的庆生宴！"

中年的日子里，不再相信近处没有风景，也放弃了说走就走的浪漫。在生活的缝隙里，偶尔游目骋怀，发现每一个生活的细节都很温暖——天空中的鸽子划出的一条曲线，流浪的小狗怯生生的眼神，以及春日的落英、夏日的蝉鸣、秋日的落叶、冬日的枝丫，都是有温度的风景。楼下的邻居养着一对小兔子，就放在楼门口的合欢树下，我每天早上遛弯时，都拔一把草喂它们。它们前腿离地，极渴望、极热情地站起来迎接我。两个月来我一直如此，乐此不疲。

不再敢辜负人生后半程的光阴，感恩阳光，感恩雨水，感恩一草一木。万物不负我，我也不负万物。在万物竞秀的季节里，让中年的光阴渐次老去，这对比是刻骨铭心的沉重，但渐次平静的心还愿意托起这份沉重。

一树花开，一树静默，枯荣之间，孩子攀着光阴的格子，慢慢地长大。曾经面对世界时单纯的眼神里平添了苦恼和彷徨。于是我用中年最擅长的怀旧，反思彼此少年的时光，发现隔着代沟的两条生命路途上的风景迥异，我把孩子当作自己生命的镜像，试图亦步亦趋地带着孩子走出生活的困惑。但是我发现，大人的节奏和孩子节奏并不一致；孩子也不想和大人们保持一致。我试图强势地介入，但总是遭到孩子的抵制，在灵魂和命运的拯救中，遭遇叛逆的暗流，倍感疏离和失落。成长的困惑既有孩子的，也有大人的。

终于等到孩子上了大学，我们成为了空巢"老者"。临行前，为了表达我的认真和庄重,手写了一封信。信里谈及了学习、安全、爱情……信好长好长,但还是觉得并未完全达意。偷偷地放在他的行李箱里之前,又多次翻看,生怕漏掉什么重大的嘱托。

开车送孩子去塞外的一所大学,离别时告诉他,行李箱里有一封信。

"看过了。"他平淡地说。

我没有期待到他的感动,也没有得到他对我这一封信的认可,一种耕耘后没有收获的失落感从脚跟升到头顶。我一直觉得他没有完全理解我信的含义,而我也没有办法让他理解信中的全部,我只有相信他长大了,可以处理好自己的一切,已经不再需要我的荫庇。

初冬时候,孩子的大学导员打来电话,说孩子打球伤了筋骨。匆忙地赶到学校,忙乱地住院、手术。待到手术后,妻子说,你好长时间没有给母亲打电话了吧,于是又拨通了母亲的电话……

初夏的日子里,孩子与妻子视频通话,说新来的校领导要将他们的专业合并到另一个学院,并说自己不愿意调专业。我心里还是愿意他留在原学院,毕竟是他们学校的拳头专业,一本专业。凌晨三点,在一个习惯醒来的时间节点上,我认真地在微信上给孩子留言——希望他努力地转专业,不要去另一个学院,力争留在原来的学院,毕竟是一本专业……我表达了自觉很充分的理由,最后还补充说,我是外行,还是你综合考虑作出决断吧。

天亮时,他在微信里发来了一串鼓掌的符号,并留言一句——"你终于不再要求我必须怎样了!"这是对家庭民主的肯定,也是一种摆脱束缚后溢于言表的喜悦。其实我别无选择,只能放手,从此后便遥望他的人生,祝福他的人生。

有老有小的日子是中年的狼狈,也是中年的丰盈。诗人泊平说:"当中年只剩下去处时,父母便住在了自己的梦里。"我好几次在梦里见到了父亲,父亲总是冷着脸,一言不发。想着父亲去世前的几年,妻子读研,孩子读初中，我竭尽全力地供着两个学生，还着房贷。没有财力去找一家大的医院给父亲检查一下。当妻子研究生毕业，并在大学就职，一切变得好起来时，父亲就在那一年的春节走了，这成了我的一个心结，牢牢地绾在了心里。我曾经多次带着泪痕从梦里醒来，但见夜凉如水，繁星漫天。

在中年的时空里，我又在重复着一个古老的故事。在时光的催逼下，物是人非，但江山不老，因为光阴的每一寸肌肤都是新的。

没有遮阳伞的女孩儿只能不停奔跑

旅途中的朋友，在朋友圈里发了一个帖子，题目是"没有遮阳伞的女孩儿只能不停奔跑"。在大暑的阳光下，在一条阳光充沛的峡谷里，一个女孩在不停地奔跑。

我对这个帖子有一种莫名的好感。

酷暑时节，手机突然不能启动了，想想也正好用了两年，佩服手机厂家对手机寿命把握得如此准确。生活里我们已经离不开手机，于是立刻从网上下单，买了一款新手机。第二天，我过着没有手机的日子，显得空落落的，盼着新手机早点送来。于是在网上查看快递的行踪，疑惑的是快递小哥总是绕着我住的小区送货。我心中生出了不满，便拨通了他的电话，他说估计晚上五点才能送到。

晚上六点的时候，小哥才敲开我家的门。一个皮肤黝黑的小伙子，双手送上手机，要我开机验货。由于包装严实，我拿剪刀剪了半天，边剪边问：

"为什么这么晚？"

"实在对不起,今天你们小区就你一家买了货,我得先送货多的小区,这样可以多挣一点。"他下意识地挠挠头,满脸的歉意。

"一天送多少货啊?"我好奇地问。

"今天一百八十多件"他很有成果地说。

"能挣多少呢?"我更好奇了。

"将近两百元,我是从农村来的,媳妇儿干保洁,我送快递,我得多送点,才可以在城里租房子,孩子才可以在城里念书。"他说完了,幸福地笑了,那笑容盈门。

在城市化的浪潮里,他来到了城市,要养家,要给孩子一个好的教育环境,于是他选择了向着自己的人生理想不停地奔跑。晨曦日出,暮色残阳,一路跑来,生活变得越来越亮堂起来。

这让我想起单位的两棵树来。在我们单位开始大规模绿化的时候,从外地运来了一棵很大的银杏树,专车起运,吊车栽植,四周用四根一把粗的柳树桩和铁丝牢牢地固定。新栽的法桐,只有丈八高,簇拥着高贵的银杏,成为单位最重要的一道风景。

斗转星移,固定银杏的一根柳树桩萌出了柳芽,几年间竟然长成了一棵婆娑的金丝柳。春风里它最早发芽,秋风里它最晚落叶,用后来者居上的姿态,静享着阳光雨露,慢慢地超过了那棵高贵的银杏。成为了那片风景里的主角。

有一年秋天,园林工人将其拦腰锯断,说柳树要定期去冠,否则会有枯枝。但是我知道,这是为了让那棵高贵的银杏得到阳光的眷顾。春天时,那被腰斩的杨柳,又萌出了新芽,依旧蓬勃,它在时光里生长,而今又超过了那棵高贵的银杏。我每每从柳树下走过,都会投去敬佩的眼神。

朋友从微信群里传来一张图片,一簇黄色的小花,说很喜欢,但是不知道叫什么名字。我回复说:我老家把这花叫作叶嫣,学名旋覆,是一种难登大雅的野花。

　　前几天在公园的小径旁,有一排旋覆花盛放,在叶茂花疏的夏天里,显得尤其珍贵。我用手机为她们留影,以青草为背景,以红色小径为陪衬,拍下一张旋覆花的照片,只为给这份芬芳喝彩!

　　几天后,修理草坪的园丁将其割倒,于是小径旁少了一道田园的风景。早上,我重新走过那条小径,有些许的失落与不平:要是一株牡丹,几株芍药,是不是还会被除掉呢?天生于野,难进花坛,旋覆花像那个在炎热的峡谷中奔跑的女孩儿,女孩儿没有遮阳伞,旋覆花没有名花的地位,因此,别无选择,只能向着人生的目标奔跑。几天后,小径旁又见旋覆花,她又萌出了新芽来。

　　其实生活本不是一场公平的运动会,每个人的生活起点迥异,层次高低也不同。有的人在向着人生的顶峰遥望,徘徊不前;有的人距离人生的顶峰很近,胯下还骑着一匹快马;有的人搭着父母的便车,逍遥自在地走着;有的人自己背负着沉重的行囊,慢慢地攀登。就如在阳光的暴晒下,有人擎着一把遮阳的花伞,悠闲地漫步;而没有遮阳伞的女孩儿只能不停地奔跑。这奔跑,让生活变得不再卑微,也让命运生出一份应有的尊敬来。

　　我萌生了一个想法,我想在微信里问问朋友,那个在阳光下奔跑的女孩儿,可曾找到了一片生活的阴凉?

第三辑　邂逅风景

孤鹤轩前—沈园

来到沈园时，本来晴朗的天，突然飘来了一层淡淡的云，接着就渐渐沥沥下起雨来。其实江南是该在雨中品的，此时的雨来得及时，带着一段淡淡的愁绪。

江南的私家园林，轻灵娟秀——翠竹迎门，芭蕉承宇，小桥卧波，烟柳迷津。烟雨中的沈园如一位深闺中的女子，有着江南的独特韵致。

雨渐稠，于是就到园子中间的一个名叫孤鹤轩的地方避雨。亭子翼然，廊柱沧桑。只觉得"孤鹤"两个字契合着此时的心境。想来在外漂泊的陆游，孤枕上倾听着夜阑风雨，梦魇里注视着铁马冰河；宦海沉浮后，沙场点兵时，一头冰花，两肩风尘。重回故里的他，多像一只孤鹤，随着无边的秋声，南迁到沈园，让疲惫的身心短暂地沉在故乡温柔的烟雨里。

孤鹤南归，沈园小憩，命运却将一把盐撒向了已是伤痕累累的心灵，一次命运安排的邂逅，了断了一段悲情往事。虽伊人在侧，但已不是添香的红袖。中年时再次邂逅青春的往事，才知缘已尽，情未减。感谢当时唐婉的丈夫，大度地允许唐婉给陆游送来一杯酒。酒后的陆游，将一份千古的痛，蘸着沈园的池水，题在了那段宫墙之上：

  红酥手，黄縢酒，满城春色宫墙柳。
  东风恶，欢情薄。
  一怀愁绪，几年离索。
  错、错、错。
  春如旧，人空瘦，泪痕红浥鲛绡透。
  桃花落，闲池阁。
  山盟虽在，锦书难托。
  莫、莫、莫！

  记忆还在青春的日子里，那位曾经的红颜，还是纤纤酥手吗？物是人非，离索有年，过去莫言，曾经已错。我一直觉得《钗头凤》是天下第一情诗，它刻在了沈园的墙上，也刻在了世间有情人的心窝儿里。

  从孤鹤轩北望，是一塘残荷，更喜欢叫它瘦荷，不是枯，不是萎，是年华老去的从容与淡定，朱颜虽改，可风骨还在。或许是在长长的光阴里等瘦了心思，静默在滴答的雨声里，怀念过往。而今天我也恰巧逢上了江南晚秋的雨。

  倚着亭柱，遥想那次有情人的邂逅，那时的唐婉恰似孤鹤轩前的一株瘦荷。李清照说："人比黄花瘦。"瘦是瘦了，但是尚有一抹亮丽的金黄，而今的这一池瘦荷，消却了盛夏的青碧，只有这一枝枝荷茎，拖拽着萎枯的荷叶，落寞地立在池水之中。

  黄酒一觞，情歌岂能孤单，唐婉在陆游离开后，和上面的那首《钗头凤》，成为沈园里一副旷古的绝对儿：

世情薄，人情恶，雨送黄昏花易落。

晓风干，泪痕残。

欲笺心事，独语斜阑。

难！难！难！

人成各，今非昨，病魂常似秋千索。

角声寒，夜阑珊。怕人寻问，咽泪装欢。

瞒！瞒！瞒！

　　从孤鹤亭南望，便是刻着陆游和唐婉的《钗头凤》的石碑，陆游的笔势狂放着黄藤酒的张力，唐婉的笔势里透着江南女子的清秀。此时的沈园，背景音乐换成了《浪漫的事儿》——"我知道世间最浪漫的事儿，就是和你一起慢慢变老……"歌声反衬着一份凄楚，轻轻地糅进了《钗头凤》中的几个叠字里：错、错、错，莫、莫、莫；瞒、瞒、瞒，难、难、难。错什么？错在谁？莫言甚？莫何言？难什么？什么难？瞒何在？瞒谁人？总说李清照是使用叠词的高手，那"凄凄惨惨戚戚"的叠韵，惹下了多少深情的泪水。而我总觉得，这里的十二个叠词，才是钉在人们心里最柔软地方的十二颗钉子，它将一份遗憾，一份悲切，牢牢地钉在了人们的心里。

　　烟雨中，一位园丁用一个长长的竹器，打捞着池中的落叶，也像是打捞着沉淀在池水中的那段悲情往事。而我小住沈园半日，也打捞起了被自己随意抛弃在世俗间的那份真诚！

　　在烟雨中告别沈园，满满地不舍。沈园，他日得闲，我还来看你！

戴河园赏荷记

农历的六月，我想起戴河里的那片荷来。

"毕竟西湖六月中，风光不与四时同，接天莲叶无穷碧，映日荷花别样红。"杨万里的这首诗，是我去戴河赏荷的缘由，于是携妻带子，开车去戴河，与那片荷花相会。

六月的戴河，河面宽阔，在河岸的东侧，荷叶田田，占满了水面。沿着河岸，荷叶铺成了百米长的碧绿，这厚重的绿色，直入人心，一下子让心情变得澄澈纯净起来。

一座带状的桥，不到两米宽，将沿河一带的荷，划成了两片。桥东一片，荷叶已过人头，一片片坦诚地展开，托举着一朵朵粉红色的花朵。叶繁而花疏，红绿之间，有着恰当的节奏，喜人得很。桥西的一侧，荷叶刚刚凌波，偶见小荷尖尖，正与一只蓝色的蜻蜓对吻。

儿子捧起一捧河水，扬起来，洒在几片荷叶之上，河水珍珠般地在荷叶上跳动，让人想起了白居易的"大珠小珠落玉盘"的诗句来，只不过，这珍珠落在了一片片的翡翠之上。风过处，荷波粼粼，一颗颗晶莹的水珠随着荷叶轻轻地滚动，最后滑落到河里，这恰如一个出浴的女子，轻轻地甩起她的长发，将发尖上的水珠抛出一般。

荷塘的南侧，一片芦苇正盛，无限蓬勃。芦苇，在《诗经》里有一个很文艺的名字叫蒹葭。现在不是白露为霜的时候，苍茫感不足，但是蒹葭的旁侧，却依偎着几茎荷花，很是纤弱，但是多情的芦苇，还是给荷花留下了一些空间，让荷花显露出一份大气之外的姿容——叶子是那般的浅绿，荷箭是那般的纤细，有了一种窈窕的美。这依偎的花草，像是一对甜蜜的恋人，纯洁得不见一点人间的烟火。

世间还是有人愿意去亲近荷花的，比如少女时代的李清照：

  常记溪亭日暮，
  沉醉不知归路，
  兴尽晚回舟，
  误入藕花深处，
  争渡，争渡，
  惊起一滩鸥鹭。

深醉的易安，泛舟于大明湖上，误入了藕花深处。青春少女，才情烂漫，身边荷叶亭亭，荷香袅袅，这是世间最美的互衬。这误入荷塘的机缘，成就了一首清新的小令。我每读到结尾的时候，心也随着那滩鸥鹭，一起飞扬起来，但见风举荷叶，叶护荷花，迤逦成一片叶浪花海。李清照的小令，如国画中的方斗、扇面，寥寥几笔，便是人间的至情至景，净美到了心里！

多年后，孙犁先生在他的小说《荷花淀》里，给几个冀中妇女选择了一片荷塘。还记得备课时，有的老师反对孙犁将战争诗化的写法，理由是将血与火、生与死放到一片荷塘里，显得极不协调。而我却喜欢这种安排，这几位寻亲的冀中妇女，不就是几朵盛放的荷花吗？在日寇将要追上的时候，她们选择一片荷塘，作为生命的归宿，宁死不降。在看到丈夫们在荷塘歼敌之后，她们回到家里，投入到了杀敌救国的抗战之中，看似柔弱，但是不染尘泥，纯净而坚强！

那一年回老家，在姨家的院子里，在曾经盛粮食的大缸里，种着几株绿荷，三五片叶子簇拥着两朵红莲，让那个柴火小院一下子静穆起来。吃饭的时候，天降一场夏雨，几瓣荷花脱落，在水面上静静地漂着，高高的莲蓬之侧，尚留有几丝花蕊。有叶、有花、有蕊、有蓬，一缸荷花，纯净着这个小院，让这里成为了我记忆里永远不能忘却的风景。

荷永远给人一种纯净的感觉，虽然在世俗的烟尘里，择一泥塘栖居，但永远洁净，不杂一点烟尘，宛如从大山里走出的少女，不沾染一点风尘，又如大隐于市的隐者，虽在风尘里，却永远不失纯洁的神韵。

心约避暑山庄

在一个暴雨倾盆的早上，我们启程前往承德。雨幕浓厚，路面似河。我们带着几分忐忑和对前途未卜的迷茫上路了。

路上，雨时大时小，心情随着天气也时好时坏。阳光最终还是执着地透过云层，明亮中带着几分刺眼的光芒，将经历暴雨后想亲近阳光的人们用力地推开。雨后的路旁千山苍翠，阳光将泥土的气息蒸腾上来，弥漫着整个行程，并将旅途的困乏一扫而光。心急迫了，急着一睹大山深处山城的容颜；而车却慢了，似乎愿意在雨后的山路上徜徉。

当避暑山庄展现在眼前的时候，我有一种莫名的亲近感，像是前世的一个约定，约定在这里和她相见。这个在清朝叫作"热河行宫"的地方，现在叫避暑山庄了——山庄的大门没有前门楼子的高耸，没有天安门城楼的敦厚稳重，而是一个用青砖建成的二层门楼，恰似一座山寨的入口，又像是一座庄园的大门。

漫步于山庄的宫殿区，不像是游览一个具有政治功能的帝王园林，倒像是去拜访一个隐逸者的庄园。青砖铺地，青砖砌墙，青瓦盖顶，没有故宫朱红的宫墙和耀眼的琉璃，回廊拱柱，较少装饰，朴素得叫人惊讶。这或许是我这个从平房里长大的人对她有着亲切感的原因吧。唯有康熙皇帝的御笔"避暑山庄"四字，彰显着帝王的气魄，却又觉得和整个山庄的格调有点不合节拍。山庄不像是帝王的行宫，倒像是一座被放大的北京四合院，散发着世俗的烟火气。

驻足在淡泊致诚殿前，闻到了一股淡淡的香气。导游告诉我们，这座大殿是木质结构，全部为金丝楠木。历经了岁月沧桑，门窗和廊柱上的朱红已经淡褪，而在游人的抚摸下形成了一层自然的包浆。窗户上镂空雕刻着的不是龙形凤案，而是一个个蝙蝠，预示着多福的内涵。似乎到了热河的皇帝，已经不在乎自己真龙天子的身份，而将自己看作芸芸众生中的一员；抑或是厌烦了深宫高墙里的生活，来这里找寻一下隐居清闲的日子。这淡泊致诚殿的名字不就是蕴含着一份隐逸和放纵吗？

走到宫殿区的后区，进一步印证了我的这种感觉，皇帝读书的地方叫"四知书屋"，这让我想起了鲁迅先生读过书的"三味书屋"。"四知书屋"的"四知"出自"君子知微、知彰、知柔、知刚"一句，语出《周易·系辞》。看来在这里读书的皇帝，是来休养君子品行的，以期达到君子的标准，而不是以真龙天子的身份自傲地坐在龙椅之上，以自负的面孔君临着天下。山庄的后门叫岫云门，出自陶潜的"云无心以出岫。"从中我们可以领悟到，紫禁城里的帝王们，来到这里，的确是来找寻一份田园乐趣的。

隐者，纵情于山，徜徉于水。皇帝们不会忘掉这一点。山庄的宫殿区后面有山，也有水。

乘着电瓶车上山，满山的紫荆绽放着紫色的小花，青松挺拔，山杏苍劲，绿色填满整个山区。风吹过，万壑松风，百鸟鸣唱。登高远望承德，山城在大山的推搡下局促而建，而承德却将最大的一块平地留给了山庄。下山的路上有一座叫"清风绿屿"的建筑，是帝王们八月中秋赏月的地方。主建筑上有一块匾，上书："风泉满清听"，这是孟浩然的诗句。房中在演奏《梨花伴月》，编钟清脆，古筝悠扬。演奏者身着汉服，容颜肃穆，使游客一下子穿越了千年，在历史的回声里驻足，在风与泉的合奏中陶醉。不知道帝王、显贵们在此赏月后，还愿不愿意回到那座森严的紫禁城。我随性地坐在回廊的八仙椅上，在悠扬鼓乐的熏陶下，眼前幻化出了"梨花院落溶溶月，柳絮池塘淡淡风"的韵致。而那柳絮池塘又在哪里呢？

湖区的码头，碧波荡漾，弱柳扶风，用"柳絮池塘淡淡风"来形容一点也不为过。泛舟湖上，但见游人三三两两，恋人相依相偎，湖中可见鱼儿畅游，树上但闻鸟儿啁啾。上帝阁高耸于湖岸，清晖亭斜依在湖滨。

弃舟登岸，来到烟雨楼。没见过嘉兴南湖的烟雨楼，只是读过乾隆皇帝为嘉兴南湖的烟雨楼题的诗句：

　　春秋三阅喜重来，
　　两意烟情镜里开。
　　承德奚妨摹画貌，
　　嘉兴毕竟启诗材。
　　……

乾隆六下江南，八登烟雨楼，赋诗十八首，足见乾隆对烟雨楼的喜欢。乾隆皇帝将烟雨楼拷贝在这里，是想时时欣赏着江南的美景。从网上看到的南湖的烟雨楼，在湖心的小岛上，以东吴的翠竹为邻，和江南的碧草结伴，在烟雨的氤氲中，恰如江南的女子，绰约而温婉。而山庄的烟雨楼，楼前，劲松挺拔，与之比肩；楼后，群山逶迤，连绵亘远。乾隆皇帝给了它一个属于北方的硬朗背景。导游告诉我们，电视剧《还珠格格》都是在山庄取的景，而烟雨楼便是小燕子的漱芳斋。而作家浩然的代表作《金光大道》也是在这里完成的。以前这里经常开一些学术性的会议。我想在烟雨楼的二楼，参加一个探讨古代诗词的会议，和着古诗的韵脚，赏着烟雨楼的美色，那是多么的和谐，多么的幽雅，多么的恰切啊！

烟雨楼西，荷叶田田，只点缀几茎荷花。荷香阵阵，引领着我们来到了一个很大的亭子里，匾额上题着"曲水荷香"四字，亭子里有条弯弯曲曲的小溪，帝王显贵们在这里附庸着兰亭的风雅，曾经定韵和诗，将酒杯放到荷叶上，荷叶随水而流，吟诗者随意取而饮之。就是不知道帝王将相们是不是像王羲之那样，也探讨了人生的永恒话题："固知一死生为虚诞，齐彭殇为妄作……"

烟雨楼东，不远处是热河泉，掬起一捧热河泉的水，清洗一下面庞，清凉之意顿生。据说冬天的热河泉不冻，夏天却出奇得凉爽。我知道山庄之行即将结束，心中涌动着一番感慨：百年前，有谁可以这样随意步入这座皇家园林呢？

走过山庄，感悟着厚重的文化，慨叹着荏苒的时光。心里盘算着找一大段清闲的日子，观一观山庄的晨、午、夕、夜；看一看行宫的春、夏、秋、冬，再次用心灵去和山庄近距离地约会，那该多好！

禅意普宁寺

　　走近普宁寺，但见其依山而建，像是依偎在大山的怀抱里，用慈祥、悲悯的目光注视着芸芸众生。

　　普宁寺的山门要比避暑山庄的大门气派，山门的正上方有一块立式的匾额，用满、汉、藏、蒙四种文字书写者着"普宁寺"三个镏金大字。山门琉璃覆顶，彩绘描檐，有一种金碧辉煌的感觉。门右侧朱墙金字，书写着佛家的六字真言：唵、嘛、呢、叭、咪、吽。这六个字在哪里见过呢？噢——想起来了，《西游记》里孙悟空大闹天宫，被如来佛祖压在了五行山下，刚被压下的齐天大圣，几乎将那座五行山掀翻。佛祖将写着这六个字的经符贴在了五行山上，才彻底地将其制服。导游说，佛家认为，常念这六个字可以消除六道轮回的苦难。读《西游记》时，曾经惊诧于佛法的无边，惊叹于那一经符的威力，现在才悟到，这六个字是普度众生的至理名言，是摆脱苦难的祝语，明白了慈悲的力量可以压制世间一切的躁动和不安，因此才使得猴子那颗不安的心灵归于宁静。

　　走进普宁寺，看到它和其他的汉传佛教建筑没有什么不同。天王殿里，笑容可掬的弥勒佛用他的笑脸迎接着一切与佛有缘的人。或许我们见过太多的笑脸，或真诚，或虚假；或投入，或敷衍；或含蓄，或豪放，而只有这张笑脸，笑得那般坦然，那般豁达，那般宽容，那般悲悯。一般的寺院都为这尊欢喜佛配上一副对联：大肚能容，天下难容之事；笑口常开，笑天下可笑之人。总觉得这副对联上下联不甚统一，既然能容天下能容之事，那么世间还有什么值得嘲笑的呢？普宁寺就没有这副对联。站在这尊欢喜佛前，看着世间这最慈悲、最宽厚的笑容，我们怎么还会有悲观的理由？人生不如意常十之八九，而要笑口常开，就应时时刻刻想到让我们乐观的十之一二。

天王殿后，有一亭，亭子罩护着一块石碑，乃乾隆皇帝所立，用满、汉、藏、蒙四种文字记录了普宁寺的修建过程。亭子的两侧有两棵劲松，龙枝虬干，苍劲地昭示着寺院的历史。我怀着肃穆的心情抬头仰望，但见日光从松枝间漏下，细碎成点点的光芒。忽然我在松树的两个粗大的枝丫间看到了三株伞形的松蘑，在松树上寄生繁育，这给了我不大不小的惊喜。这棵经历了沧桑的松树，在树杈之间积累了些许的枯枝败叶，这些枯枝败叶竟然在枝杈间发酵，酵成了三株别样的生命。这棵大松树，多像是一尊佛陀，用他那宽大的手臂和慈悲的胸怀，滋养抚慰着身前的一切生灵。而我们每个人的生存空间，或展阔，或狭窄；或肥沃，或贫瘠，但不管怎样，我们都应像松树枝杈间的松蘑一样，活出自我，活出精彩。

依山而上，普宁寺用藏传佛教风格迎接着游客：四座白色的喇嘛塔拱卫着普宁寺最高的建筑——大乘阁。大乘阁共三层，罩着一尊高达二十几米的千手千眼观音像。我在佛阁的东边，求得高香三炷，焚香后高举起头顶，拜了三拜，默念着家人的平安和幸福。香烟在夏日的风中袅袅上升，笼罩着大乘阁。进入阁内，仰望千手观音，在观世音菩萨慈悲的目光注视下，我心中不由得涌动起一份伤感来，伤感生活的艰辛和不易，产生了倾诉冲动。于是我双手合十，倾诉心中的所有，祈祷着家人的平安。而观音菩萨依旧用温婉慈悲的眼神，同喜着人类的幸福，悲悯世间的苦痛，普度着世间的众生。此时阁外传来了悠远的钟声，这钟声肃穆着我的灵魂，心中涌起了愿世间安好的愿望。

　　回望普宁寺，它依旧依偎在大山的怀抱中。汉传佛教和藏传佛教风格巧妙地融为一体，以其独特的形式完成了汉藏文化的融合，我想当年的乾隆皇帝之所以用这种风格建造普宁寺，一定也有着民族团结的愿望吧。

　　离开普宁寺，我的心仍被一种禅静浸润着，贴着禅的衣襟，抚摸佛的悲悯，沿着时间的距离，领悟境界的幸福。佛若雕刻在心，漂泊的身就能认得出路。想着，想着，心境越来越悠远，思绪越来越清晰：普宁寺，愿世间像你的名字一样永远普宁！

走近棒槌山

记得很多年以前,二弟到承德旅游,带回一张照片:他手托棒槌山,似托塔李天王,很是威风。当时觉得这座山好生神奇:它上粗下细,竟然不倒!

大巴还在承德的大街上行驶,就能看到城东的一带远山上,棒槌山遗世独立、傲然不群。车中有人指指点点,那就是棒槌山吧,此时才觉得它是如此的近,如此的清晰。

站在避暑山庄的最高处,想俯视山城的全貌,而棒槌山却非常的抢镜,抢先映入眼帘。这时才发现,山城东部连绵的群山,隐隐地透出了淡红色,棒槌山就耸立在淡红色的山峦之上。这种红色地貌叫丹霞地貌,以广东的丹霞山最为典型而得名。丹霞,多么好听的一个名字啊!想来棒槌山也是山城里第一个看到丹阳升起的吧。

要去棒槌山了,心情大悦。乘坐缆车,一点点地接近棒槌山。车下是成片的杏树和松树,仲夏季节里,绿色厚重。而在避暑山庄看到的山体上那淡淡的红色,现在却看不见了。自然给了它多变的色彩,此时的棒槌山是一份凝重的绿。

到了景区的正门，拾级而上，才知道官方称棒槌山为磬锤峰。门前有联：千年精灵擎天一柱齐日月；亿年神针定海万顷转乾坤。一直觉得棒槌山这个名字很通俗，而磬锤峰这个名字却是如此的雅致，使得好多游客都念不出它的名字——这第一个字到底读什么呢？

近看磬锤峰的山体，竟然是由大大小小的沙砾沉积而成。半山腰有摩崖石刻，是康熙的御笔，粗砾的岩石上刻有他的一首七绝：

纵目湖山千载留，
白云枕涧报深秋。
巉岩自有争佳处，
未若此峰景更幽。

读完不解，此峰甚伟，哪里更幽？

来到磬锤峰下，才感到了它的高大雄伟，足有五层楼的高度，也是由沙砾沉积而成。底部被风雨侵蚀较多，形成了上粗下细的形状。中部裂隙中生长着一株古桑，据说已有几百年，它就像磬锤峰的伴侣，几百年来不离不弃，相依相偎。顶部呈半圆形，生长着纤细的芳草，在夏日的微风中摇曳着。低头看峰下，千谷纵横，森林密布，景色幽深，才明白康熙皇帝为什么说"未若此峰景更幽"了。

非洲的纳米比亚有一个上帝的拇指，燕山东麓有座祖山，都和磬锤峰相似。这些地方成为著名的景点，除其独特的外形之外，还蕴含着原始生殖崇拜的文化内涵。承德当地有风俗：不育的妇女，要是徒步到磬锤峰下，抚摸一下磬锤峰，便可以怀孕生子，延续家族香火。因为在民间，磬锤峰更像是一个集天地精华的阳具，可以给予人类延续生命的神力。

登山之前它叫棒槌山，登山之后才知它叫磬锤峰。它俗，俗到了人们将其看成洗衣的用具；它雅，雅到了有的游客念不出它的名字。它阴柔，粉红的颜色像是少女腮边的红晕；它阳刚，阳刚得顶天立地，特立独行。

它的美，只有走近它，方可知晓。

静卧群山万籁轻

五月的祖山，不是木兰盛开的季节，不是飞瀑壮阔的时候，不是枫叶流丹的日子。而我在这个时候，背上简单的行李，去登祖山。

选择画廊谷拾级而上，一头钻进了一条绿色的廊道，绿色中糅进了些许清新的淡黄，精神也被绿色慢慢地浸染，如在盛夏里，手心里握着一块冰，再慢慢地洇开，清凉了精神中最细微的触角。

绿色随着登山的脚步而鲜嫩，草木鲜枝活叶地舒展着，轻绿氤氲着整个山谷，形成了一谷流动的色彩。这让我想起了大学时去井陉的苍岩山，也是这样的一谷清新的绿，一谷流动而怡人的风景。但觉得祖山的绿色与之不同，此时耳畔传来哗哗的水声，才知道这绿色绿得润泽，绿得鲜活，绿出了一份润润的宁静。原来苍岩山的山谷中，没有这样一条蜿蜒的山泉，绿色显得干涩了不少。

山泉在一块块大石片上漫过，留下了浅黄色淡淡的吻痕，接着又在大石片下冲出一汪一汪的浅潭。溪流像祖山伸出一只纤巧的手，在大石片上，拢出欢快的旋律；在浅潭中，抹着平缓的节奏；又在悬崖上，挑出激昂的音符。抬起头，向着山谷遥望，这分明是一首有形的乐章啊！

　　故意走到同行者的前面，身边没有了游人。平躺在一块大石上，绿叶滤下了丝丝闪烁的阳光，抚摸着我的脸。闭上眼睛，风过处，松涛阵阵。泉流被越来越陡峭的峡谷拉成了一串串的水滴，点点落下，在松涛的间隙里摔出细微而清脆的声响，如京剧文武场里的月琴，在激越的京胡乐曲里，填补着属于自己的空间。

　　在涛声水韵里，我想到了泰山。凭着五岳独尊的显赫，招揽着天下八方来客。盘道上游客如织，像是农村赶庙会的人流。几乎每一块岩石上，都摹刻着历代的文字，厚重地承载着几千年的历史。山顶上的天街，人流熙熙攘攘，像是一座城市的商业步行街：一切显得繁华、喧嚣、拥挤。而此时的祖山却有着十足的幽静，保持着原始的况味。你可以用你的心灵和情感，去填补这静谧而自然的空间。此时，松涛又起，水韵悠悠。这一份旷古的宁静，删除了我内心的浮躁，润泽了我疲惫的心灵。

　　读比尔·波特的《空谷幽兰》，他从西方的视角对太白山中的当代隐士进行了审视。在他拍摄的影像里，隐居者并没有像电视剧里的隐者那样居住在翠谷楼台间，而是隐居在了茅舍苦竹旁，觉得其景并不算幽，其色也不算太美，但其心一定很静。来祖山吧，我想隐居在这里可以弥补景不幽、色不美的遗憾，也会赐给你的心灵一份深度的宁静。

　　夜晚，头枕一山的松涛躺下，远离了城市里繁华的灯光，周围是黑色的浓浓的沉寂。静静看着天空中的繁星，这让我想起了在老家一次看场的经历，秋收的庄稼堆放在打谷场的中央，我躺在用玉米秸搭成的窝棚里，看到了彻天的繁星，独享着深秋的夜色。早上醒来，秋露润湿了我的头发。今天我又邂逅了那天繁星，明早可有那湿润我头发的露水？

　　我在鸟声啁啾中醒来，只见窗外云雾渺然。漫步于松林之间，云雾笼着危松，松针上缀着点点水珠，泛着星星的亮色。回头看着同行者，只见她的发尖眉梢上，也凝结着小小的水珠。风过处，水滴飘下，稀稀落落的。远处，有早起歌者唱着刘欢的《情怨》："你驾你的小船云里雾间，相爱人最怕有情无缘……"京腔京韵的，幽怨绵长，想必是这一山的云雾唤起了他心中的情怨吧。

五月的祖山，用温润的胸怀哺育了一弯深深的静谧，可以让一颗或疲惫、或迷茫、或受伤的心，在静静的流光里，变得清醒，得到疗救。

我在五月里去了祖山，也在浮躁的世事里，偷得浮生半日，让自己属于了自己，让祖山也属于了自己。

行走在南锣鼓巷里

慕名去南锣鼓巷，是在一个初冬薄阴的上午。天气尚早，漠漠轻寒，被历史浸渍的青砖小巷和天气保持着一份默契，觉得在这样的天气里来到南锣鼓巷正好。

一条元代小巷，却处在京城的繁华锦绣之中。虽是上午八点光景，但已是人头攒动，每个人的脸上带着慕名的期望，张望着和巷外高楼格格不入的青砖瓦房，不知这条皇城根儿的小巷，八百年前可曾如此喧嚣。但我可以肯定地说，而今它如一棵千年的古树，在将死的枝丫间，又长出了一蓬勃勃的新绿来。

巷口有个小店，它有个别致的名儿，叫"一朵一果"，想来世间若一朵一果，将是多么的圆满和美好！店内是自制的小商品，绝无仅有。喜欢一套张爱玲的明信片，但见其着一身旗袍，孤傲地仰着头，将三十年代女子那份韵美淋漓到极致，像是陆游笔下断桥边的那一枝寒梅，但其却不是一朵一果。我果断地选了一套，庄重地扣上南锣鼓巷的章，回去送给和文字有缘的人儿。又选了一本线装的笔记本，封面上印着"生于六十年代"的字样，扉页是那个时代流行的电影海报——《渡江侦察记》《鸡毛信》等。老包货纸的质地，像父亲给我用纸绳装订的作业本。怀旧一下子占满了心，觉得这青砖砌成的小巷，最适合怀旧，而一朵一果就是将这份怀旧的情愫摆在了货架上，买者购得了一份回忆的引子，在回忆里中品味时光飞逝的快乐、痛苦和无奈。

"冰糖葫芦——"远处传来京味的叫卖声，让人想起《前门情思大碗茶》来。了解老北京的叫卖声，是从侯宝林大师的相声里。那叫卖声，不在乎内容，只在乎形式，就如北京大戏园子里的京剧，是锦衣貂裘的八旗子弟的最爱一样，这小巷的吆喝，是老北京市民谋生的民谣，透着烟火气，能让人感受到一股热炕头的暖意。

买一串冰糖葫芦，叼在嘴上，去欣赏泥人店里的泥人，惟妙惟肖，泥人以老相声段子为题材，有《拔牙》《卖布头》等。门口也有现代味儿的抽象人物，细细长长的脖颈，像一簇盛开的郁金香。

游人渐渐多了，小巷显得拥挤而嘈杂。从一个十字路口北望，看到一条安静的小胡同——菊儿胡同。这里是曾经住着一位叫菊儿的姑娘呢，还是胡同的拐角曾经生长着一簇簇淡雅的菊花呢？不考证，不追究，只是向往这份安静，便脱开游客的主流，徘徊在这条更窄更静的胡同里了。

掀开写着"爆肚儿"的门帘，要了一碗爆肚儿，一碗豆汁儿。北京人喜欢将小吃的名儿儿化，京腔京韵里透着一份喜欢和自豪，好像天底下只有皇城根儿的小吃才地道似的。小店里只有一对情侣，在细细柔柔地说着情话。我要了一碟爆肚儿，一碗豆汁儿，安安静静吃着。一挂门帘，将一世的喧哗隔开，觉得这份安静不该属于豪华的帝都，安静得有点奢侈。豆汁儿酸中带涩，喝下几口才品出了其中的味道，也正如这胡同中的文化，需要一段时间才可以品味出其中的余味来一样。

从小吃店出来，天空中飘下了几片雪花，好似从元大都的天空里悠悠飘来……

走马大青山

我紧紧地贴着阴山南麓旅行。

接触到阴山这个名字,是在唐诗里——"但使龙城飞将在,不教胡马度阴山。"接触到大青山这个名字是在高中语文课本上,学习翦伯赞先生的《内蒙访古》,有一个章节叫《大青山下》。不喜欢阴山这个词,压抑、黯淡、冷酷,也不知道阴山因何得名,只知道从战国秦汉时期开始,一直到明朝,阴山就是最热的战争舞台,最冷森森的政治角斗场。

喜欢听京剧裘派的《探阴山》,包拯为了给民伸冤,竟然来到阴曹地府,那里也叫阴山,裘派用及其厚重苍凉的唱腔烘托着阴山的恐怖——"押定了屈死的亡魂项戴铁链,悲惨惨惨悲悲,阴风绕吹得我透骨寒……"汽车在阴山下行驶,我在心里接受了大青山这个名字。

沿大青山南麓行驶了一百多公里,南边是一望无际的土默特平原。翦伯赞老先生称为阴山南麓的沃野,是匈奴人为失去这块土地而流泪的地方。想必是几千年前的泪水,已经将这里润泽得肥沃而成熟,这里庄稼长得很茁壮,一排丰收的景象。至今我还能背诵翦伯赞先生写的《内蒙访古》中关于这块平原的那段文字：阴山以南的沃野不仅是游牧民族的苑囿……

大青山像一座屏风，静静地摆放在土默特平原的边缘。它用一种苍凉静默的形式遮蔽着历史的神秘和旷远。静望大青山，不禁想起了赵武灵王放弃了战车的铁骑，想到了蒙恬率领的不可阻遏的秦军，想到了霍去病的"匈奴未灭，何以为家"的誓言。思绪也不安分地越过大青山，去探寻大漠孤烟的旷远与苍凉。

天气略阴，太阳好像透过了悠远的历史，从云的缝隙中射下来，光芒显得锋利而不可阻挡。云朵在大青山上投下了一片片淡淡的云影，使得大青山像是一幅宏大的水墨画，远处是淡淡的墨痕，只是用一个线条勾勒出山顶起伏和缓的轮廓。近处则用浓墨皴染，真切而了然，让大青山显示出了悠悠的纵深和丰富的层次。

我真想穿越到大青山的深处……

终于有机会纵穿大青山了。从包头到希拉穆仁草原，要纵向地穿过大青山。北麓的大青山已经没有了南麓的葱茏，草色干涩，苍凉辽远。和我想象中的高原景色契合一致，也感受到一种沉重的气息，这气息像是从历史的时空中积淀下来的，让人既接受它的沉重，也接受它的崇高。

我在历史和现实中徘徊，想象着某个山峰、沟谷，或许是飞将军李广的屯驻之地，也可能是唐帝国的铁骑扎营之所，我脚下的这一片草原到底重叠了多少历史的足迹呢？车子洞穿了大青山，眼前是一大片、一大片的黄花。导游说那是油菜花。我一直认为油菜是江南风景里婉约风格的代表，没想到粗犷的塞北也有这样的一份婉约。特别是在伏天的时候，我在草原见到了一抹江南春天的色彩，心中着实得惊奇。多想下车驻足，拍下这一片美丽。可是行程很紧，车还在加速，只能用相机拍下模糊的一片花黄。带着一份遗憾前行，忽然觉得有些风景，只是擦肩，却足以让你铭刻，如芸芸众生中，邂逅了一抹灿烂的微笑，虽然不相识，却深深地印在了心灵的最深处。

对草原的印象源自那首《敕勒歌》：敕勒川，阴山下，天似穹庐，笼盖四野。天苍苍，野茫茫，风吹草低见牛羊。大青山北麓的希拉穆仁草原难以见到能隐没牛羊的牧草，只有贴着地面生长的干涩的牧草。汽车停下，穿蒙古服装的迎宾者在车门前迎客了，他们唱着悠远的迎宾曲，捧上三碗酒，献上像白云一样的哈达，一股异乡异族的新奇和热情化解了一路的疲劳。

揣着一颗跳动的心，怀着一份恐惧，战战兢兢地骑上蒙古马，去走马大草原。蒙古马形体略小，耐力十足。当年的成吉思汗的蒙古铁骑，远征花剌子模国。花剌子模国王将蒙古马形容为兔子，可是正是骑着蒙古马的远征军，却征服了欧亚大陆大部分的地区。我骑着一匹枣红马，慢慢地在草原上徜徉，马蹄的声音极富节奏感，平和了我跳动的心。我慢慢地将精力从骑马转向了草原，两侧的保护区里，有半尺多高的牧草，顿时觉得有了草原的意味。同行的蒙古族小伙告诉我们，今年的雨水偏少，要不然，这里的草已经一尺多高了。

大着胆子，用马镫轻轻磕一下马的肚子，马便奔跑起来。同行的蒙古骑手发出了"欧——欧——"的喊声，胯下的马散开四蹄，在草原上飞奔。风声在耳畔骤起，马蹄声中，我似乎听到了斡难河畔聚会的欢呼，听到了兴庆城下的厮杀和呐喊……

从希拉穆仁草原回到呼市，车横断了大青山，起初，大青山像是一个健壮的北方汉子，光着古铜色的脊梁，展示着他强健的筋骨；车驶入大青山的深处，大青山像是披上了一件鲜绿色的小褂，面容多了一份温润；接着车便扑入一片绿色的帷幔中，这绿色恢复着我心中沉淀着的属于高原的苍凉，也让我从苍茫的历史走出，回到蓬勃的现实中来。

西湖册页

十年前我来寻你——西湖，在导游的催促下，匆匆与你告别，那时与你有个约定：以后找一段慢慢的时间，再来与你牵手。

十年后我如约而来。

行走于江南，是需有雨来作背景的。西湖更是如此，一阵淅淅沥沥的冬雨，如纱般拢着西子。白堤如线，而断桥就是这条线上的一个结儿，一个用爱情打成的结儿。这里会让人想起一场雨，一把伞，一段可以沉淀千年而不变的人妖间的爱情故事。虽是人妖之间，却彰显了永恒的浪漫和坚贞。断桥不断，游人如织，这让我想起了在微博上看到的一段故事——一对老人，在断桥边，手捧着玫瑰，庆祝着金婚的日子，读之好生感动。此时，一对情侣牵手走过，共享着一把小小的红伞，红色在烟雨中漂浮着。而远处保俶塔静静地矗立，俯视着这一池的浪漫与柔情。

断桥一侧是一片残荷，用一抹枯黄向晚。荷是四季可赏的花儿，春荷尖尖，蜻蜓轻吻；夏荷接天，一阵爽凉；秋荷虽残，落寞有韵；冬荷枯立，以待来春。一位好友将残荷喻瘦，称之为瘦荷。而漫步于荷塘，唯觉将西湖的残荷称为瘦荷，极其恰当，伶仃瘦荷，会让人想起婀娜的西子来。

  竹坞无尘水槛清，
  相思迢递隔重城。
  秋阴不散霜飞晚，
  留得枯荷听雨声。

  这是李义山的诗句，在他看来枯荷待雨，是枯荷的独特美学。而今西湖正经历一场冬雨，既潮湿了瘦荷，也成就了一湖潇潇的雨声。

  白堤一侧，有个叫平湖秋月的地方。湖平如砥，细雨逗起阵阵细微的涟漪。亭中避雨，望湖色苍茫，小舟如芥，若三五之夜，明月浸湖，随波荡漾，与空中的明月相辉映，自是极好。此时耳畔响起了《渔舟唱晚》的旋律，这婉约的旋律是西子湖柔美的性子吧。伫立于白堤，遥望湖水，便觉世间是如此的简单，心是如此的宽绰。斜倚廊柱，不愿再走，只愿将自己交给这一湖的宁静。"青峰云横山叠翠，明湖月锁水平铺。"平湖前的一棵老桂树，青苔满身，虬枝兀干，探向湖中，它静静地望着这一湖细波，已有千年！

  一看到梅鹤轩的名字，就知道这儿是林和靖的地盘。"疏影横斜水清浅，暗香浮动月黄昏。"梅妻鹤子于西湖的林逋，骨子里有一份对世俗喧哗的抵触，又眷恋着烟腾火气的生活，于是选择归隐于西子湖畔，奢侈地拥有了世间最美的风景。总觉得陶潜归隐得无奈，归隐得落魄；而林和靖却是归隐得潇洒，归隐得自然。

  西湖注定和苏姓有缘，在寻找苏堤时，于西泠桥畔，看到了苏小小的墓，一座六角的墓亭，傍依在西泠桥的一侧，一座玲珑的封丘，吻合着小小的名字。小小是文人心中的一个梦，宋代那个复姓司马的举子，梦中与小小相知，醒来后便一往情深，死后也葬在了西泠桥畔。这让我想起了汤显祖的《牡丹亭》来，情不知所起，一往而情深。世间最柔软的，也是最坚强的；最浪漫的，就是最久远的，那便是这份真情吧！

　　我在苏堤上慢慢地走，撑着伞，沐着一场冬雨。苏堤在雨色朦胧中，而我在千年的往事里——任杭州知州的苏轼，夜梦亡妻，见其水淋淋地来给幼子喂奶，问之才知，涉湖水而来，于是苏轼便在住所和亡妻的墓之间修了这条大堤。听到这个故事，我觉得苏子的浪漫和真挚盖过了世间最伟大的爱情。若干年后，我偶尔听一个水利专家讲苏堤，说苏堤是苏轼修的一项惠民工程，阻挡了钱塘江涨潮时海水倒灌西湖。我恨这个解释，当理智的解说消解了这份浪漫，这份多情，这份亘古的美时，我宁愿相信那份浪漫和坚贞，而不愿相信这份科学和理智。苏堤美在春天吧，于是苏堤春晓成为了西湖的十大美景之一。而今适逢初冬，法桐染黄，枫叶流丹，冬雨绵绵……

　　雷峰夕照，是美的去处，在鲁迅笔下是破烂烂的，而今熠熠生辉，金碧辉煌。这里是爱情的纪念塔，诠释着永恒的爱情。走近塔的一层，见一个巨型的玻璃罩着雷峰塔古老的塔基，呵护着浪漫而悠远的爱情往事。站在塔顶，俯视西湖，只见西湖如镜，白堤一痕，暮色苍茫里，白堤像是一支如椽的巨笔以湖为纸画上的一条墨线。此时的西湖，灯光渐起，西子换上了晚装。湖内仍有人轻泛小舟，船头的红灯笼一闪一闪地，凌着一湖的静谧！走下塔来，心里模糊了新建的雷峰塔，一直惦念着被玻璃罩着的雷峰塔的地基。

　　沿着西湖走了多半日，稍有疲态，却被西湖唤出一份精气神儿来。只缘身在此湖中吧，我的视野里只有西湖的几条线，几根草，一片瘦荷，一孔小桥，几株沧桑的桂花树，以及被这一切围着的、一泓如碧的西湖水。移步换景中，西湖如一位大家蘸着湖水，画出的一本册页，寥寥数笔，便展示出这一湖山水的声色，而我只是翻开了其中的几页而已！

114

秋天的节奏

　　板厂峪的秋天是从一个雾气迷蒙的早晨开始的。

　　凌晨五点，农家院土炕上的几个同伴还鼾声雷动时，我就悄然起来，沿一条小路悠闲地走向村外的原野。衰草离离，青雾满山，让人想起《诗经》中那片浪漫的芦苇来——"蒹葭苍苍，白露为霜。"此时不正是"白露为霜"的季节么？

　　四周被一层浓雾轻掩着，只能远远看到山的轮廓，像是谁用一支巨笔饱蘸了浓墨皴染出的一幅水墨山水，浓浓淡淡的，舒缓而自然。一切还在酣睡，静谧到没有了依托——鸟鸣不在，虫儿沉寂。

　　雾色里，一棵老树半枯，几乎匍匐于地，却在树干的一侧的顶端昂扬出一束枝丫来，昭示着一份古老而沧桑的静美。我用手机从不同的角度为这份静美定格，这一瞬间，这棵老树完完全全成为了这个早晨不折不扣的主角。

　　携一肩秋雾走回农家小院的时候，天已经亮了。露水打湿了我的裤脚，而曾经潮湿的心却慢慢变得无比静寂。回望迷蒙的远山、古树，一切都安静得仿佛远古的时光。

吃过早饭，再次踏着少有人走过的小径上山，天依旧雾气蒙蒙，路上只有几个同行者，这样的天气，恐怕人们更愿意躲避在斗室之中吧。山上的树举着灰色的枝条，远处一条蜿蜒的长城若隐若现。我们就这样攀登着，觉得乏味而疲累，因为老觉得这山路没有尽头。

刚有这样的念头，烽火台便矗立在眼前了，一缕阳光从烽火台的门洞间插进来，像是照进一条悠长的小巷。站在烽火台上，静穆的氛围使我不敢喧哗。同行的一位女士，斜倚在长城的垛口上，红色的围巾被秋风轻轻地扬起，那是秋天里一抹跳动的色彩。站在烽火台上远望，目光锁定一株孤零零的枫树，几片枫叶疏淡有致，这让我们在灰蒙蒙的雾气中寻到了一点鲜亮的心情。此时，我想起《山楂树》里的静秋，人儿清纯如水，爱情浓烈似火，但是用以表达她的爱情的只有那简简单单的一句——我是静秋。

回返的路上，雾气渐渐地散尽，我们得以看清大山深处的秋天，竟如一个风姿绰约的女子，展现出成熟的容颜。古诗词里，秋就是用来悲叹的，我不理解秋光里的明艳为什么会被古人无视？而此刻，当阳光冲破雾霾，静静的秋天正以一种若有若无的节奏冲击着我们的眼睛和心灵时，我才真切地体会到了"不以物喜，不以己悲"的坦然。也许那些悲凉的秋词，原本不过是人们对秋天的臆断，并兀自为秋画出一副悲戚的容颜来，若真置身于秋天的怀抱里，秋却是另外的样子。

一位练过长跑的女士，提议跑步下山，而且并不等他人回应，自己就开始奔跑。秋风吹拂着她的秀发，夕阳辉映着她健美的身影，她俨然已经忘记了后面气喘的人们……一路下坡，奔跑显然是危险的，但是被感染的情绪是很难控制的，我们快乐地奔跑于山间，其实就是在用力地拥抱着静美的秋天。

这就是秋天最美的节奏！

第四辑　四时风物

四季的辩证

  北方立春时，一切还是冬天的地盘，天寒地冻的，然而春天却在这个时候立了起来，像是生生插进严寒之中的一段柳枝，向冬天宣示：以后的日子由我接管了。喜欢这个"立"字，在春天柔情的质地里，平添了一份刚性的美。

  立春的前一天，母亲严肃认真地告诉我："明天要打春了，早上五点三刻，别打在炕上，一定要起床，准备上青萝卜，吃上一片。"于是我在手机上定上五点三刻的闹钟，准备在春天到来的时候，起身相迎，没有繁复的仪式，只为记下春天到来的这一时刻。

  一直不理解立春为什么在母亲的嘴里叫打春，"打"字比"立"字还有冲击力，甚至有点暴力，春何须打呀？这个打字可是为了打破寒冬的铁幕，给春天一点名分吗？也不理解，北方在没有花红柳绿的时候，怎么就这么仓促地宣布春天来了呢？

  一直不理解，为何要咬春天一口？春天的替身就是那块萝卜，薄薄的一片，水灵灵的，像是滴上了春天的第一滴雨。人们咯吱咯吱地咬着，清脆地像八九时节破开的第一块冰凌。

想起儿子不满周岁的时候,胖嘟嘟的,亲亲他的脸蛋儿已经不能显示我从心底漾出的爱意,于是就在他胖嘟嘟的小手上轻轻咬一下,尽管会招来妻子一顿严厉的批评,但还是禁不住去咬。

南国立春时,已经是"雨润窗前竹,花繁院里梅",而北国立春之时,人们还在寒风里期盼着一场春雪到来。好在天遂人愿,一早醒来,春雪翩然,朋友圈里到处是关于春雪的图片和视频,大家争相表达着对春雪的久违之感,静美的图片上总是用上韩愈的那句关于春雪的名句——"白雪却嫌春色晚,故穿庭树作飞花"。看来立春之时,北方人只能对花进行遥想啊!

思维走向了纵深,我想到了立夏,夏也是在春风习习,天气舒爽的春天里宣布到来的。而立秋却是在伏天,天气热得像一团火,毫无秋高气爽的一丝气象,有时候人们还会被秋老虎给折磨得忘记了季节。而"伏"字的意思就是在热浪滔天时,提示我们阴气已经开始潜伏聚集了。当枫叶流丹、天高气爽时,冬天就板着脸来了,不管你喜欢与否。四季轮回中,春夏秋冬都耐不住寂寞,在别的季节全盛时,跃跃欲试地立在了其他季节的时空里。

在季节的轮回里,我悟到了自然的辩证法——冷到了极致,春天就来了;美到了极致,夏天就到了;夏天还在热火朝天地展示热情的时候,一份秋凉便开始集聚潜伏了;秋风爽利的时候,冬天的冷幕便准备拉开了。

生命之于季节,又何其相似也。否极则泰来,《易经》用古人特有的智慧,警示着人们:在生命站在波峰时,不要扬扬自得;而处于人生的低谷时,也没有必要垂头丧气。只要你向着希望攀登,就是在天天进步,步步高升。生活的辩证提示我们,要平和地对待生活,将眼光放远,所谓"风物长宜放眼量"吧。

在春天来临的时候，我想起一首诗来：

  年年岁岁花相似，
  岁岁年年人不同，
  寄言全盛红颜子，
  应怜半死白头翁。
  ……

红颜全盛的时候，其实白发已准备萌生。

儿时的端阳

儿时的我最喜欢过端阳！

故乡的端阳不叫端阳，也不叫端午，而是叫五月当五。端阳节会让人想起《白蛇传》来，许仙听了法海的蛊惑，在端阳节劝白娘子喝下了一杯雄黄酒，让其显了蛇身，才引出了"盗仙草""水漫金山"的浪漫故事来。上了初中才知道端阳和中国一位大诗人屈原有着密切的联系，而自己喜欢吃的粽子，正是人们祭奠屈大夫的祭品。

我喜欢端阳，是因为喜欢吃粽子。二十世纪七十年代中期，家家还过着吃不饱的日子，而在端午节是可以饱饱地吃一顿粽子的。五月初四的下午，母亲就一通准备——白白的江米、红红的大枣儿、椭圆的大芸豆，分别泡在三个大盆中。从河滩苇子地里采来翠绿的苇叶，放在锅里煮一下，泡在清水中。眼前红白翠绿的，各自散发着淡淡的香气，那香气是最自然的味道，是从厚重的泥土中生出来的，透着青草的气息。

母亲、大姐、二姐等围在几个大盆前包粽子——首先将一片苇叶卷成一个小小的喇叭筒，用顶针箍住，在喇叭筒的周围均匀地插上六七片翠绿的苇叶，做成一个扁漏斗形的苇叶筒儿；然后往这个苇叶筒儿里放进一把江米，再掺几个大芸豆、三四枚大枣儿，最后将所有的苇叶拢成一股儿，缠绑在粽子的腰间，包成一个三角形的大粽子。故乡的粽子独一无二，一是三角的外形少有，二是分量极大，一个粽子剥开来可以盛满一个大碗。长大后我去过许多地方，见过各式各样的粽子，还是觉得家乡的粽子独好。

将包好的粽子整齐地装进一口支在院子里的大锅里，一锅可以放下三四十个。上面用一个高粱秸秆做的大箅子压住，箅子上再压上一个粗瓷大盆。用辘轳绞上一桶清清凉凉的水来，先倒入粗瓷大盆里，再满溢到锅里。从柴房里拿来几根干透的枣木，开始架火煮粽子。大火把水烧开，然后小火慢慢地煮，咕嘟咕嘟地，袅袅的蒸汽飘起来，一股浓浓的枣儿和糯米合成的香气儿，慢慢地飘满了整个小院。你千万不要认为晚上就可以吃粽子了，我老家的粽子是要煮整整一个晚上的。

小时候，在端午的夜里醒来，听着院里传来的咕嘟咕嘟声响，就禁不住问母亲：

"天快亮了吗？"

"早呢，睡吧。"

似乎睡了很久很久，醒来又问母亲：

"天还不亮啊？"

"早呢，你刚睡了一小会儿！"

沉沉地睡去，在一片鸟鸣中醒来。一种被老家人称为鹂鸡儿的候鸟在院里的楸树上清爽地叫着：黎急儿——嘎及儿！黎急儿——嘎及儿！黎急儿是降调，嘎及儿是升调，升升降降中烘托着端阳的节奏。

端阳的早晨是清爽的，除了这清爽的鸟鸣，还有浓浓的夏阴。母亲已经将煮了一个晚上的粽子捞出来，摆了满满的两大盆。

经过一夜的慢煮和浸润，剥去苇叶，粽子里的大枣和芸豆将周围的糯米润成了淡淡的红色，咬一口，枣香、豆香、糯米香和着苇叶的香气，极力地讨好着味蕾，顿觉这才是世界上最好的工夫粽！

母亲说："先尝一个粽子，再去地里拔些艾蒿，捉几只青脊蛤蟆回来。等你爹和你姐他们插秧回来再吃饭。"等着劳作的人回来，一起吃饭，一直是我们家的规矩。

老家的端阳是要插艾蒿的，起个大早，去地里寻来艾蒿，将其插在门边的石头缝里，据说可以辟邪；而端午的青脊蛤蟆，晾干了煮水，可以止咳平喘，是民间的一个小偏方。正因为如此，老家人说，端阳前一晚的蛤蟆是不叫的，都去躲灾了。

田野里，生产队的社员们正在插秧，河滩地里是一片水汪汪的世界。走过田埂，青蛙们纷纷跳进水中，以最潇洒的蛙泳姿态逃走。

我遇到带着和我一样任务的几个小伙伴，一同在田埂上采上几株艾蒿，合围住几只青脊蛤蟆，沿着纵横的阡陌凯旋！

多年后，当听到齐豫的《乡间的小路》时，我会想起端午采艾蒿、捉蛤蟆的情景来，只是歌里是夕阳，而彼时却是漫天的朝阳！

工作后，吃过各地的粽子——有南方的肉粽子、西北的黄米粽子、四川的苞米叶粽子……但是我还是怀念家乡用苇叶、大枣包成的粽子。

岁岁端阳，今又端阳。不觉已经离家三十年了，静下心来的时候，故乡便一次次撞开记忆的大门，门内的一切都是那么的清晰，而又那么的遥远。母亲知道我爱吃粽子，端阳过后总会留下一些苇叶、大枣，在我暑假回家时再包一次，这也总让我想起儿时的端阳来。

大暑时节

早晨五点钟,窗外,蝉就开始嘶叫,它们用叫声宣布今天是个大热天。

六点起床,去公园散步,这个习惯我已经持续了多年,今天也不例外。尽管是清晨,手机上显示气温也只有 26 度,但是天空中却弥漫着一层淡淡的雾气。走在路上,感觉周身被一层热热的纱笼罩着,吸进去和呼出来的气体似乎完全是一个温度——真不愧是大暑时节。

蝉用生命在嘶叫。汗水流下来,湿透了前心后背,并沿着胳膊流到手指,滴在了地上。摸一把脸上的汗水,狠狠地甩在地上,表达一下对夏天的不满。路两旁的树木葱茏,在一夜的大雨后,借着阳光、雨露、酷热,疯狂地生长着。

公园里,一棵国槐正值花期,有的槐花正开,有的还是一粒黄白的花蕾,前赴后继的样子。地上落着一层花蕊,却换不起暮春时的伤感来。

环卫工人清扫着路上的落花,杏黄的工装上渗出了汗水,一路扫过,扫出了一条清新的甬道,干净得让人想多走几次。在这样的天气下,走在这样的路上，心里会生出一丝感动来。

在公园的主题雕塑下，有几个广场舞的群体在活动，一下子觉得，汉族成了最能歌善舞的民族。阵容较大的有几十人，跳着欢快的舞蹈，有的舞姿轻盈，身材曼妙；有的舞姿豪放，身材臃肿，但态度都很认真，不管怎样，步伐里都是自信和从容。

在公园的小径上快步地走着，汗水如注，不能容忍。想起了小时候，也是大暑时节，天气热得如蒸笼一般。于是村里就组织一次全村人参加的夜泳活动。村支书在大喇叭广播："以二亩槽为界，二亩槽以北，男的；二亩槽以南，女的。天气太热，大家去洗个澡吧！"于是全村人就按照这样的约定来到了家乡的小河里，小河清浅，映着一弯下弦月，缓缓地流过，大家赤身躺在河水里，让暑热遁形。孩子们没有夜泳的经历，都兴奋地喊叫着，衬得山村的夜晚，好生安静。小河静静地流淌，水声恰似一首田园的歌。

消暑归来，稻田里蛙声一片。

临近村前，萤火虫在集体曼舞，好像在暗夜的幕布上，画着一幅以大暑为主题的画儿。随手捉住几只，塞进一个南瓜葶里，制成了一只荧光棒。孩子们挥舞着"荧光棒"，借着微茫的光，从田埂上缓缓地走过。只是近几年，我暑假回家，再也没有见过萤火虫在村前飞舞的情景。

农村的学校放农忙假，大暑时节正是上课的时候。晚上做完作业，天气燥热，难以入睡。空气里弥漫着青蒿编成的火绳儿的香气，这是乡下人用来驱蚊的蚊香。在暗夜里，火绳的一头，闪着红色。蟋蟀在吱吱吱吱地叫着，时间过得缓慢而安详。母亲会拿着蒲扇轻轻为我和弟弟扇着风，驱着蚊。边扇边说，快立秋了，立秋后天气就凉快了。那是记忆里最自然、最凉爽的风，掺着亲情催着我慢慢地入睡。

而今母亲已经到了耄耋之年，我在外上班，给母亲装了空调，大暑时节，让母亲在空调房子里住着，但是总是觉得，这空调的凉气不如母亲蒲扇扇来的风柔和。

　　走回自家楼下，汗水已经湿透了上衣。一个送水的小伙子将一桶桶装水扛到了五楼，下来时，满脸通红，大汗淋漓。他撩起衣襟，擦去脸上的汗水，又扛起一桶水，去了另一个单元。生活不易呀！我能胜任这份工作吗？这样想着，不觉身上又生出一身透汗来。

　　一阵风来，觉得舒爽了一些，绿化带里的玉簪随风摇动，但见玉簪丛中生出了一枝花茎，花茎上长着几枚白色的簪形的花蕾，那白色给人以凉爽的感觉，告诉人们秋天已经不远。

小暑

小时候，我特别喜欢小暑这个节气。

经历了一个漫长的冬天和春天后，我渴盼着下河游泳，老家的方言把游泳叫打澡洗。七十年代，小镇上没有一家澡堂，整冬整春，没有办法洗澡，身上贴上了半年的泥垢，渴望着小暑节气后，痛痛快快地打个澡洗，干净一下，凉快一下。

小时候，父母对打澡洗有着严格规定，不过小暑节气不行，立秋以后不行。小暑节气前，河水太凉，打了澡洗就会闹肚子；立秋以后，河水变凉，打澡洗会长秋贝子（一种小疙瘩），反正可以下河的日子，只有小暑到立秋的这一个月，因此，小暑成了快乐的开始。

小暑节气到了，获得父母允许的一群男孩子，不顾一切地冲到村边的通天河里，像是去拥抱一个久违的老友。

为了浇水稻，村民们把这条名字大气、水量一般的故乡的小河，用沙土拦腰截断，造成一个临时性的沙坝，聚成一汪碧水，清澈见底，有半个足球场那么大，这里便是我们的泳池。泳池里有白条鱼，还有在阳光下鳞片闪着五种色彩的鱼儿，我们叫五彩鱼。我们光屁丢丢儿地跳进水中，和鱼儿一起游起来，只是我们的泳姿一般，是不够雅致的狗刨，扑扑通通地，打起一片片的水花，惊扰了在水中自由游动的鱼儿。我们比赛潜水，看谁潜得时间长，看谁在水下游得远。比赛速度，看谁第一个游到对岸，当然也可以打一场水仗……

农村的学校放农忙假，没有暑假。因为没有手表，忘情地游泳有时会忘记了上学的事儿，来到学校已经上课，老师的惩罚是必不可少的：

"是不是打澡洗去了？"老师严厉地问。

"没有，晌午睡过了。编着假话，心狂跳着。

老师一下子拉过我们的胳膊来，用指甲轻轻地一划，现出一条白白的印记。气愤地说："还说没有，这明明是打澡洗了吗？大太阳底下晒着去！"

于是我们被赶到太阳底下，在一场河水浴后，又是一场夏日的日光浴，晒得满头冒汗、流油。但是第二天中午还要去河里打澡洗，毕竟一年中可以打澡洗的日子不多啊。况且，伏天的天气就是热啊，打个澡洗还不是天经地义的？

其实入伏这一天还是蛮有仪式感的，母亲会炒豆子吃，黄豆、玉米、红豆，炒出诱人的香气来，在吃不饱的时代里，这香气很诱人。我们姐弟每人可以分一小把。

母亲和婶子、大娘们，坐在门前的大楸树的浓荫里，纳着鞋底，将针锥在头发上抹一下，带点头油，以方便扎透那千层底。麻绳在千层底间被拉来拉去，发出刺啦刺啦的声响，像是一首田园的曲子，悦耳动听。她们边纳鞋底边家长里短地唠着：

"秋粮快早下来吧，真想吃一顿新棒子面的贴饼子。"

"快接不上顿儿了，就那几个麦，没有吃的了。"

"听说你家的孩子学习好，将来可以考大学了，现在上大学不用推荐，谁考上谁去上。"

……

晌午过后，母亲和婶子、大娘们还要去生产队上工。反正我是没有见过母亲睡过午觉。

我上初中的时候，实行了联产承包，加之年龄也大了，光着屁股打澡洗也显得不雅了，星期天就帮着家里干些农活。小暑节气时主要的农活儿是拔稻草，拔稻草是一份苦活，脚下水汽蒸着，头上大日头晒着，猫着腰仔细辨认着稻田里的草。稻田里有一种叫稻友的草，长得和水稻几乎一样，双胞胎似的，很难辨认，起初我总是辨认不出来。父亲告诉我："稻子上有一层毛儿，稻友身上光溜溜的。"一半天下来，腰酸腿疼地，叫苦不迭，大喊腰疼。父亲说："小孩子家的，哪有腰啊！"一份劳累，坚定了我考学的意志，领会了"谁知盘中餐，粒粒皆辛苦"的内涵。

从那时起，母亲似乎再也没有担忧手里的粮食不够吃，总是满足地说："这可是好时候，想吃稠的做稠的，想吃稀的做稀的！"这是她人生最高潮的时候，因为囤里有粮，心里不慌了。

后来上了大学，又在外工作，不觉已经三十年，这几年在小暑节气的时候，也回过老家。那通天河里的水不如儿时丰沛了，河水也混浊不堪，已经见不到在河中玩水的少年。村里的人们躲在有空调的房子里避暑，壮年劳力都去城里打拼生活，在春节时才可以回家团聚。人们似乎过着衣食无忧的日子，但总觉得少了儿时乡村的味道！

今天是小暑，给母亲打了一个电话。母亲说天太旱了，岗地里种不上，水田里也要开机浇地。母亲还是关心着庄稼，但似乎全村人都不再关心收成了。

在小暑这一天，我想到童年，也想到了老家。

秋天的风物

夕颜

　　立秋那天，我在故乡的小路边用手机拍下了两朵夕颜，不知道谁给牵牛起了这么浪漫的名字，像是琼瑶小说里的女子，忽略了时代和背景，只剩下爱情以及由爱情带来的愁绪。

　　我还是喜欢喇叭花这个名字的，从小到大，生活在小山村，大家都叫它喇叭花，觉得这个名字带着芬芳的泥土气息，亲切而入心。在喇叭花于田间地头、房前篱落间开遍的时候，立秋就不远了。她会开整个秋天，是秋天的代表作。

　　喜欢牵牛这个名字，她会让人想到一个浪漫的爱情故事，一个跨越了贫富、等级只剩下爱情的故事，浪漫而永恒地嵌在了天上。隔着一条宽宽的银河，牵牛与织女期待着金风玉露中的相逢。一段人神往事，让世世代代的人为其写下一段段或羡慕、或遗憾的诗行：

圆似流泉碧剪纱，

墙头藤蔓自交加。

天孙滴下相思泪，

长向深秋结此花。

诗歌里，牵牛花是织女掉下的眼泪，她依着一棵棵小树，一排排短篱，缠绵着一份旷古的情爱。爱情虽然伟大，但是牵牛花开得却很低调，羞于见那一轮红日，不去光天化日之下展示自己的容颜，而是在秋夜的净空里敞开心扉，对着遥远的银河，去宣誓一份永远分割不开的情愫！

这朵象征着爱情的花，存活在民间口口相传的故事里，于是有一个烟腾火气的名字——喇叭花。存活在唐诗宋词里，于是有着一个雅致大气的名字——牵牛花。存活在当今中国情人节的浪漫里，于是有了一个最女性的名字——夕颜。

无论叫什么，此花用一抹粉红、一抹天蓝、一抹绛紫，昭示着浪漫，昭示着纯洁，更昭示着低调。

而我觉得在这个喧嚣的世界里，低调尤其可贵！

银杏树

白露那一天，我拍到了银杏树干上的几片叶子，在白露的风里轻轻地摇曳，像秋天里的一张高贵的名片！

老家是没有银杏的，初听其名，觉得好像老家东山上的山杏儿一样，只是不知道它结的杏儿是酸的还是甜的，是大的还是小的。后来我在生物课本上见过素描的银杏叶子，呈三角形，像是一把把的折扇。老师说它是活化石，是和恐龙同一时代的。

真正见到银杏的时候，是在一座公园里。我怀着一种久未谋面、钦慕已久的心情，会晤了一位仰慕多年的高人。此时秋已充分，但见挺拔的身姿上金黄的树叶婆娑，俯视着公园的一切，有着刚柔兼济的美。那天无风，银杏的叶子，独自飘落，耳畔回响着簌簌落落的声音，这是秋天最美的天籁。落叶在每一棵树下形成了一晕金黄，以树下的芳草为背景，绘成了一幅黄绿相间的画儿。

秋是需要色彩的。金枫似火，是秋天的一份热情，浓烈之后便是一片凄美，如《霸王别姬》里虞姬自刎留在剑上的那一缕血迹。而银杏的这一抹杏黄，有着中庸的美——不浓不淡，不悲不戚，飘落得从容而大气，高贵而自知！

在鸡汤文统治网络自媒体的时代里，我读到了一篇题为《读书是门槛最低的高贵》的文章，感觉这份"鸡汤"很有味道。的确，高贵不是穿金戴银，鲜衣怒马；不是前呼后拥，人前显贵。而是捧一卷书，闲坐于秋风之中，在一棵银杏树下，静静地读。秋风翩翩然送来一片叶子，有缘地落在书上，于是就合上书，让其风干成一枚扇形的书签，让书高贵着灵魂的同时，也让这片叶子高贵着读书的日子。若干年后，重新开卷，重晤这枚金黄的书签，定会唤回一段悠远的记忆，记忆里没有失落，有的是一份安然。而在那时，我们也会像银杏一样，挺拔地活在世间，独立而高贵！

以杏为名，却威武得像个将军，高雅的像一位儒士，这就是银杏，提示着芸芸众生中的你和我——或许你我的出身很平凡，名字也不响亮，但在平凡的日子里，精神不能不高贵！

秋雨即景

下班时，遭遇了一场秋雨。走出单位的门口，一团团的乌云还在三心二意，谁想到，过了五分钟，乌云便凝成了铁幕，接着就淅淅沥沥地飘下雨来。

此情此景，我想起了苏轼《定风波》小序中的几句话："三月七日沙湖道中遇雨。雨具先去，同行皆狼狈，余独不觉。已而遂晴，故作此词。"同行皆狼狈，余独不觉。这是多么潇洒的心态。生活中风波不少，风波中当有定力，要有"一蓑烟雨任平生"的洒脱和超然。于是我没有披雨披，而是效法苏轼的潇洒和自在，在细雨蒙蒙中骑行。

一辆汽车傲慢地从身边驶过，溅起一些积水，冷漠地甩在我的裤腿上。一辆电动车也从我的身边驶过。但见一个大红色的雨披，被人撑得鼓囊囊的——前面是孩子吧，蹲在电动车踏板上，用雨披的前脸遮着风雨；身后是妻子吧，手揽着丈夫的腰，将头钻进了雨披的后摆里。这个超载的电动车在烟雨中前行，略显沉重而蹒跚，但又耀眼而醒目，慢慢消逝在雨雾之中。突然担心他们的安全了，这有点危险——转而心头又涌起一股暖流，涌到了脸上，涌到了鼻孔，涌进了眼睛，涌到了全身每一个毛发的顶端，温暖着落在脸上的冰冷的雨水。

　　我不由自主地哼起了付笛生和任静的《知心爱人》："让我的爱伴着你直到永远……在风起的时候，让你感受什么是暖……"喜欢他们拍摄的MV，风雨飘摇中，丈夫将一件宽大的西服与爱人共同披上。接着男女生齐唱："我们彼此都保护好今天的爱，不管风雨再不再来。"我想今天这一家人在风雨中共享着一件红色的雨披，不正是上演着生活版的《知心爱人》吗？

　　想起戴望舒的《雨巷》来：

"撑着油纸伞，独自
彷徨在悠长、悠长
又寂寥的雨巷，
我希望逢着
一个丁香一样地，
结着愁怨的姑娘。"

　　红色的油纸伞，用青石铺成的南方小巷，青石被时光踏平了棱角，坑洼处留下一汪汪的雨水，雨水辉映着小巷里一盏盏暗红的灯火。着一袭羽白色旗袍的姑娘，在小巷中郁郁独行，灯光将她婀娜的身影拉得细长而落寞。远处茶社里传来苏州评弹轻软的旋律，陪衬着姑娘愁怨的心事。

　　不喜欢大学老师把《雨巷》讲成一首政治诗歌，讲成大革命失败后作者内心的愁怨和茫然。我只愿意理解成为一首爱情诗——或是初恋了，犹豫着怎样表达这人生第一次令人心跳的懵懂；或者是失恋了，在雨中，清洗着内心残留着的爱的尘垢。我只愿意理解得这样狭窄，狭窄到心灵最脆弱最温馨的岬角上。透过雨帘帷幕，深味着雨中的那份抑或幸福、抑或失落的爱。

喜欢柳永的《雨霖铃》，喜欢这个略带凄冷的词牌，读之，总能感受到那份雨后的缠绵和悱恻、不舍和无奈；喜欢"今宵酒醒何处，杨柳岸晓风残月"的句子，残月如钩，晓风透骨，只有那杨柳的缠绵成为一种抹不去的温柔的记忆。

《雨霖铃》这个词牌，相传为唐玄宗所创，在安史之乱时唐玄宗逃亡到四川，雨夜闻铃，想起了玉环，遂成此曲。雨夜里，铃声一定显得空旷、寂远，定将那份刻骨的思念摇落了一地。又被细细的雨丝洗净，清晰而刻骨地沉淀在心里。历史上有许多因美色误国的女子，都被正史、野史所不容，她们用自己近乎传奇的经历诠释着红颜祸水的内涵。只有杨玉环和李隆基的爱情，却得到了认可，并被传诵，从白居易的《长恨歌》到陈鸿的《长恨歌传》，从洪昇的《长生殿》到梅兰芳先生的《贵妃醉酒》，原先的讽喻渐次淡化，最后只是剩下了《贵妃醉酒》的高贵和典雅。我想大概是在国事之外，李杨之间的确有着一份真挚的爱吧。

想起下班的时候，准备关掉电脑，看看好多朋友在线，想必还在为了工作、为了生活忙碌着。看到外面阴霾的天空，于是在 QQ 表情里，选择了一把红色的小伞，轻轻点击送去。虽然不能在现实里遮风避雨，却可以在别样的时空里，送上现实的一份牵挂，愿他们的生活里无风无雨。

却道天凉好个秋

久居城市，是感受不到十足的秋味的。当太行深处的老家已是层林尽染的时候，城市的树叶还沉淀着厚重的绿色，直到一股意外的寒流长途奔袭而来，树叶便以绿作为生命末端的底色，抱死在枝头。风过处，发出干燥的声响。这少了过渡的季节，让人感到时光也是那般的生涩。

这让我常想起了老家那富有层次感的秋天。先是沟壑中的山杏树、枣树和柿子树的叶子变成淡红、金黄和金红，在山梁上白茫茫的白草衬托下，汇集成一沟沟流动而灿烂的色彩。秋风吹起，枣叶和杏叶簌簌落下，铺就一身，拂去还满。接着是村边的杨树和槐树叶子，从树冠里层开始变黄，在一番萧萧撒落之后，地上铺就了金黄的一层。于是，背起荆条编成的小篓，拿上竹筢子，搂起这淡红、金黄、金红的叶子，背回家做生火做饭的柴草。后来读马致远的《双调·夜行船·秋思》，读到"和露摘黄花，带霜烹紫蟹，煮酒烧红叶"时，觉得他这诗意的生活，其实是我小时候极平常的日子。最后树叶落净，柿子树上剩下了红通通的柿子，像一个个小小的红灯笼挂在枝头，显得极其喜庆，喜庆中又蕴含一点落寞。摘柿子了，人们嘴里还念叨着一句秋味十足的农谚："过了霜降，拿棍儿梆梆。"意思是过了霜降的柿子，拿棍儿梆梆就可以吃了。

国庆长假，我没敢和全国人民一起去旅游，也实在消受不起那份喧嚣和拥挤，而是骑着单车和妻儿一起，沿着海边的七八公里长的栈道慢慢地前行。海浪轻抚着海滩，耳畔是温柔的涛声，夕阳涂红了晚霞，晚霞衬红了海水。这里是一片宁静的去处。突然，栈道的旁边呈现出一片芦苇，在海风常年的修剪下，芦苇长得不算很高，但苇白芦黄，海风中，芦花齐刷刷地向西倾斜着，有十足的苍茫感。

芦苇是属于《诗经》的。也是属于爱情的："蒹葭苍苍，白露为霜，所谓伊人，在水一方。"看来《诗经》中的爱情是在秋天演绎的。但我觉得这以蒹葭、白露为背景的爱情比花红柳绿的爱情更有味道，伊人在水一方，不在身侧。湿冷的秋霜，苍茫的苇叶，淡黄的芦花，为这份爱情涂抹上一派失落的底色。想来这份爱情是一厢的情思，这苍茫的芦苇可是作品中的主人公迷茫心境的写照？

铃——

清脆的铃声响起，一对红男绿女骑着一辆双人自行车从身旁驶过，驶过那片芦苇，迅速消失在被圣柳掩映的栈道尽头。只留下了一条静静的栈道，以及栈道上几片飘零的落叶。远处的海滩传来几声苍凉的鸟鸣，那里有南迁的大群的候鸟在觅食，为它们向南的那份执着积攒着飞行的力量。此时，想起了几句宋词来："苇汀芦岸，晚霞残照，时有鸥来去。"此景甚美，而美中却蕴含着属于秋天的丝丝落寞。

在这落寞的况味里，我突然有所悟。除了刘禹锡外，自古及今的文人的笔都眷顾着秋天的落寞和悲凉。其实秋天也有胜景，秋实回馈着春华，收获回报着辛劳。但是红叶灿然后必然是萧瑟地零落，饱满地收获后剩下的便只有空旷的大地。人生有锦年，这锦绣年华不就如那灿然的红叶吗？锦年过后，便是人生的晚秋。这似乎是不可改变的人生铁律，而落寞与悲凉便是人生不可更改的宿命。伤秋的那份落寞，不就是感伤人生的这个结局吗？

　　金风又起，却道天凉好个秋。既然季节是按春夏秋冬轮回的，生命之歌也是按照四季的节拍演奏，那我们就静静地品赏秋天吧，赏枝头残存的那几片秋叶，听秋雨扑打残荷的声响，触摸秋草那凄凄的柔情，嗅闻东篱下最后一缕淡淡的菊香。其实赏秋如品一杯绿茶，在香气氤氲中，留在唇齿间的还有一点淡淡的苦涩。

白露

　　白露那天，我在人行道旁，见到了一片菊。

　　一片绛紫，万头攒动，细细碎碎地铺了一地，成了气候，动了心情。

　　想到了故乡的东山之上，在背阳的山坡上，山菊花或含苞，或怒放，花色多是浅浅的粉色，还有白中透出一点点印象的粉；一些绝对见不到阳光的地方，则是纯洁的白色，纯粹，清爽了心情。此时的故乡的山沟里，枣正红，叶正黄，果实累累，披头盖肩的。我曾经躺在菊花丛中，听秋虫静静地鸣叫，看蓝天上大雁南飞，静静地待了一个时辰。

　　菊花之于我，永远是山里那一片片的山菊！

　　每年重阳节的时候，街头有许多售卖菊花的摊位，卖着名贵的菊花，名贵得让人心动。菊花瓣纤细如指，卷成了一个个的卷，金黄的，淡紫的，雪白的……但是我从来没有动过买一盆的念头，因为名贵的东西都不好伺候，待到花落茎枯时，也期待来年如此的芬芳。但是在冬季的房间里，它就急切地发芽了，一个劲儿地向上攒，晃杆晃杆得高。待到春来，便高得挺不住身段了，于是就匍匐在花盆里，找不到一点菊的神韵。

给陶渊明的诗歌配图一定是要用到菊花的。高中课本里收录了《归园田居》，编者给这首诗歌配图，但见陶潜峨冠博带，戴笠荷锄，手捧着一束龙爪菊。我始终觉得陶潜捧着一束山菊更好，一个敬慕自然的隐者，他所心慕的菊花，也一定是一捧山菊花吧。世事烦扰，人们被信息社会带乱了节奏，于是便学陶潜，要去南山修篱种菊。其实陶渊明可以修篱，但无须种菊，因为东篱之旁，南山之下，山菊正好！

展开唐诗宋词，凡是写菊花的，都有着一点悲戚的意味，一点隐逸的情怀。我小时候一点也不理解古人悲秋的情绪，觉得秋天多好，一年中只有那个时候父母的脸上没有缺衣少食的愁容，没有青黄不接的担忧。而我也喜欢秋天，放学后，上房去，装上两衣兜红枣，或者是红薯干儿，大快朵颐一番。记忆里只有秋天是不饥不饿的，只有填饱了肚子，我才有一份怡情，去欣赏满山的山菊。

到了中年，也到了人生的秋天。时光决绝地离去，满心的不甘，与一千年前诗人的心情共鸣起来，原来人生的秋后，便是一段冬日的薄凉，秋天是值得悲情一下的，悲吧，悲吧，不是错！而菊花可以作为这份悲情的背景，在暮秋的寒风里摇曳——宁可枝头抱香死，何曾吹落北风中。

我案头的茶叶罐中，有满满的一罐山菊，是母亲捎来的。母亲得知我血糖升高后，说家乡的山菊可以降糖，就以八十岁的高龄，登上我村的东山采菊，晾干后捎来了，嘱咐我要按时泡水喝。我一直省着喝，拣出两三颗菊蕾，冲上开水，淡黄色的，有一股久违的家乡的味道。

白露时节白露风，秋分飒爽，白草苍茫，而此时乡愁正浓，正在我的心里蔓延……

寒露

寒露那天，我在路旁，见一枝爬山虎的藤，沿着一段水泥矮墙匍匐，通体红艳，像是一剪二月的鲜花，"霜叶红于二月花"吧，短暂的惊艳后，是一段无言的悲悯。

三秋时节，在山中遇到红叶，总是可以点亮心情的。秋花本无多，红叶可妖娆。国庆节的时候，在承德的磬锤峰上，一片翠微之中，有一藤红叶似火，吸引了好多游客拍照。这红叶是对早已逝去的春天的遥想，是西风长天中的一份婉约。

这婉约是一份隐逸的情怀。大学时读马致远的散曲《双调·夜行船·秋思》，对里面的诗句甚是喜欢：

"裴公绿野堂，陶令白莲社。爱秋来时那些：和露摘黄花，带霜烹紫蟹，煮酒烧红叶，想人生有限杯，浑几个重阳节？人问我顽童记着：便北海探吾来，道东篱醉了也。"

和露摘花，带霜烹蟹，温酒一杯燃红叶。这生活淡泊了名利，红火了日子，也轻松了心情！种满菊花的是陶令的家，这布满红叶之地就是马致远的隐居之处了。

小时候，故乡的枣树在一场秋霜后变得金黄灿烂，秋风之下，簌簌飘落。我背上荆条编的篓子，拿上竹筢子，搂上一背篓枣叶，回家煮饭，只是那清苦的日子里没有紫蟹可以烹煮。现在明白了，古人隐逸的情怀其实是生活富足的衍生品。

要说写霜叶，杜牧是冠冕，无出其右者。寒山之上，石径小憩，虽然人烟还在遥远的白云生处，日色却已经向晚。但还是禁不住霜叶的诱惑，停车驻足，只为一山的霜叶正浓。这份喜爱发自肺腑，也流淌于笔端，一流就是千年。大学时候读《西厢记·长亭送别》，一曲《正宫·端正好》唱出了新婚宴尔的别离情——

"碧云天，黄花地，西风紧。

北雁南飞。

晓来谁染霜林醉？

总是离人泪。"

离人的眼泪染红了霜林，凄美得了得。乐景哀情里景越来越艳，情越来越凄。霜林之醉，是愁情酿造的酒，让离别的有情人借着这杯酒，浇透淤积在心中的块垒。觉得这首元曲可以和杜牧的《山行》媲美了。

因此，每每在枫叶流丹的时候，那红艳的霜叶只是短暂地点亮我的心情，随后就醉在这秋色里，这醉不是沉醉，不是陶醉，而是被一份秋色短暂的愁醉。霜叶的红艳像是《霸王别姬》里虞姬自刎后留在剑槽里那一缕血痕，哀婉而痛彻心扉。

经霜红叶丹，西风逼且急。红红火火之后便是一场凋零，剩下枯藤老枝，落寞而酸楚，就像春天看到一树桃花盛开，旋即就想到了落花飘零一样。

朋友说我的情怀太过悲悯，生活要更多地关注当下！

或许吧，这是一份悲悯的情怀。我特别喜欢杜甫的《登高》——"风急天高猿啸哀，渚清沙白鸟飞回。无边落木萧萧下，不尽长江滚滚来……"无边落木，一定是漫天的霜叶纷纷，这无边的落木可以做杜甫忧国忧民的悲悯情怀的背景。若给杜甫画像，我觉得《登高》的意境最为恰当——高山之巅，凭栏北望；清瘦的面庞，迎风飘动的须髯，但是一定以万山红遍为远背景，以霜叶飘落为近背景，除此，无一可也！

想到此，我心中释然了，自己面对红叶时的这份悲悯情怀，还是没有脱掉伤春悲秋的窠臼，其实，我已经不想脱开。

小雪

打开电脑上的一个日历链接,一幅飞雪红梅的图案展现在眼前,提示今天是小雪节气。不觉已经迈进了冬天的门槛,走进了霰雪纷飞的季节。

小雪是烂漫的端倪。在一个冬云漠漠的背景里,清晨北风携来几片雪花,温润地贴在脸上,凉凉地透着一丝熨帖,因为有小雪的日子并不寒冷。

小雪时节适合寻梅,踏雪寻梅自然是一件美事、雅事。天空轻飘着几许雪花,枝头几点红梅初绽,还有几粒含苞。雪在赏梅的时候是陪衬,因此不需要漫天的鹅毛,要是雪压枝头,雪深过膝,寻梅就太过苦累了。

我觉得寻梅还是要有点小雪的,提示着赏客们此时的季节,也区别着春日寻芳的况味。

突然想起了林和靖,一个梅妻鹤子的隐者,将生命托付给了西湖的山水,现在看来的确是人生的一件幸事。想来宋代的西湖还是一个清静的去处,有着原生态的寂静。于是,他植梅数株,待到江南微雪的时候,披上一件紫色的大氅,去赏手植的梅花,这是诗人对抗世俗的一种安静的回报,那雪衬托下的红梅是西子的一抹腮红吧。在万物萧瑟的冬日里,小雪是一份淡淡的含蓄。枝上的红梅,或含苞、或轻绽,舒朗参差,暗香缥缈,于是诗人就写出了"疏影横斜水清浅,暗香浮动月黄昏"的句子,其实疏影横斜的境界甚好!

写到这里,我想起了春天的榆叶梅,春风里开放得堆堆累累,从枝干一直到枝头,都是拥挤的花朵,在三月醉人的风里,谄媚着春天的脸色。过度的繁华,会让人觉得腻腻的,总让人觉得少了冬日里的冷静和清醒。

白乐天有这样的一首小诗:

> 绿蚁新醅酒,
> 红泥小火炉。
> 晚来天欲雪,
> 能饮一杯无?

我常想,这位大诗人过着烟腾火气的生活,这欲降的雪是什么样的一场雪呢?最好是一场疏落的小雪,这样更符合诗歌的意境,精致的小酒杯,盛放着新醅的酒,红泥做的小火炉,散着温暖的热气,外面飘着一天细碎的小雪,协调而自然。

喜欢从小雪轻飘的一片林地走过,秋天飘落的枯叶上,刚刚落上几片雪花,像是初冬的早上结成的一层薄霜,突兀的枝干,洁白的雪色,枯叶在脚下发出轻微的声响,落寞地透进灵魂的最深处。

喜欢走在一条沙土路上,在漠漠轻寒里,稀疏的小雪片在地上铺了薄薄的一层,地面上毛茸茸的,还可以看得到路面的底色,轻轻走过去,留下一行歪歪斜斜的脚印,和着冬云漠漠的天色,渲染出一份淡淡的落寞来。这景色像是新泡的一杯绿茶，杯中只有几片茶叶，品上一口，余韵清香里有着一点点淡淡的苦涩。

> 帘外雪初飘，
> 翠幌香凝火未消，
> 独坐寒夜人欲倦，
> 迢迢，
> 梦断更残倍寂寥。

　　这是清代沈佩的《南乡子》，诗人在小雪的天气里遥想，深味着人生的一份寂寞之感。此时，我觉得冬日的小雪是一份婉约的雅致，是一种落寞的安静，一种不掩饰的真实和低调。

　　那么我喜欢小雪的什么呢？是低调吧！没有了覆盖山河的气势，没有将世界统一成一种色彩的能力，却低调地宣示着冬天，淡淡地显示着自我。其实人生也该如此！

　　我真喜欢细雪飘飞的日子！

大雪

小雪十五日后，便是大雪了。

今年大雪节气过了多日，却不见大雪飘来。突然想起了李白的一句最无厘头的诗句——"燕山雪花大如席。"自己就住在燕山脚下，今年冬天，难得见到如席的雪花，即便是细细碎碎的一场小雪也见不到，不知道是这个季节愧对了生命，还是生命愧对了这个季节。

在盛唐的气象里，一切都要与唐帝国的强盛相称——疆域要宽广，东海的季风一直吹到中亚细亚干燥的荒漠里，但是依然没有跨越出唐帝国的版图；艺术要粗犷，昭陵六骏奋起的马蹄和唐三彩里高昂着的骆驼的头颅，都彰显着一份盛唐的骄傲；就连女子的美也一反常态的摒弃了飞燕的婀娜，而选择了玉环的丰满。于是雪花在唐代的诗歌里也就有了属于唐代的夸张和豪放。

因此盛唐的雪最大。

想起两句唐诗来——"欲将轻骑逐，大雪满弓刀。"在那个以戍守边疆、建功立业为荣的时代里，大雪成为了他们生活画卷里的不朽素材！

读岑参的《白雪歌送武判官归京》：

>北风卷地百草折，胡天八月即飞雪。
>忽如一夜春风来，千树万树梨花开。
>……

于长河、落日、大漠、孤烟里，很难寻到富有春意的句子，看到的多是"青海长云暗雪山"的冰冷。但是盛唐的气象却让盛唐的雪下得潇洒，下得坦荡，下得豪迈。今天，我在盛唐诗歌的册页里，寻觅到了一场属于帝国的大雪，在那个给知识分子提供了充分展示才智的舞台上，只有那一场场的大雪，才可以作为一个伟大时代的背景！

唐朝的雪还在下，下在一条寒江之中，下在了两岸寒山之上，垂下一根钓竿，也垂下了千年的孤独和寂寞。

>千山鸟飞绝，万径人踪灭。
>孤舟蓑笠翁，独钓寒江雪。

繁华不再，盛世不来，人生的价值在世事艰难里打了折扣，孤独成为了中唐大雪的个性。寒江独钓，可有着渭水之滨那份期待？

今年大雪节气来临的时候，我还在期盼着一场大雪，尤其喜欢一觉醒来后，拉开窗帘，但见一场大雪铺天盖地，让世界变得纯洁而简单。于是便抄起铁锹和扫把，去扫出一条弯弯曲曲的小路来。

喜欢一场大雪后，早起看到的一行脚印，歪歪斜斜地延伸向远方，常常想那个人为什么起得那么早？是为了生活，为了约定，还是为了……

《红楼梦》的判词《飞鸟各投林》中有这样的一句："落了片白茫茫大地真干净！"我从中读出了大雪的张力。在今年的这个暖冬里，真希望有这样的一场大雪飘来。

腊八的记忆

老家有句谚语："腊七腊八，出门冻傻。"在腊八这样寒冷的天气里，我最想吃母亲熬制的腊八粥！

小时候，腊八这一天，母亲要熬制一锅香甜的腊八粥。腊八的中午刚过，母亲便水发红小豆、大芸豆，泡出豆红豆红的一盆水，接着就备好北方的黏稻米、大黄米、黏高粱米、大红枣，将其下锅，然后将水发的红小豆和大芸豆连同那盆水倒入锅里面。灶间点火，放入芝麻秸，噼噼啪啪地有节奏地燃着，像是一曲慢节奏的乡间鼓乐。

红红的火苗映着母亲的脸庞，一闪一闪地。蒸汽从用白草编制的锅盖上慢慢地升起，一股枣香氤氲，一缕豆香缥缈，锅里的粥咕嘟咕嘟地响着，这是腊月的序曲。

起锅了，蒸汽冲天，露出了一锅枣红色的稠粥，稠得可以插住筷子，煮熟的红枣浮在顶层，红小豆和大芸豆杂在红枣之间，错落得像一幅喜庆的年画。

用铁铲儿，切一块，放入碗里，夹上一筷子萝卜缨子腌制的酸菜，大快朵颐，喷香可口。

我一直认为腊八是一个世俗的节日，是最民间的一个日子，少有文人雅士为此赋诗作词。我翻阅了很多典籍，找到了一首清代夏仁虎的关于腊八的诗：

腊八家家煮粥多，大臣特派到雍和。

对慈亦是当今佛，进奉熬成第二锅。

想来腊八粥好吃，要不为什么要"进奉熬成第二锅"呢？

吃完了腊八粥，我们便去浇冰山。

用秫秸秆儿，做一个三角形的框儿，再将框儿上插满柏树枝。然后将其绑在一个木棍之上，插到村边小河旁的墙窟窿里。用石头砸开一个冰窟窿，手拿一把马勺，舀出河水徐徐地浇在柏树枝上，边浇边喊："浇冰山，浇冰山，浇出一座大冰山，浇来二月春风暖，浇来来年五谷全。"口袋里装上几个红辣椒，夹在柏树枝杈里，冻在洁白的冰凌里，红白相间，映出了一份红火，这算是为春节预热一份喜庆吧！

冰山浇到半夜，大长的冰凌沿着柏树枝向下延伸，几乎触地。于是从墙窟窿里拔出那根木棍扛在肩上，背回家。卸掉木棍，将其倒立在庭院的中央，一座冰山矗立，凛然地宣示着三九的严寒。

今年，天气格外地暖，都三九天了，这个海滨城市的天气预报说后天有雨夹雪。外面雾霾沉沉，找不到一点出门冻傻的冷劲儿，觉得这个时代里，似乎什么都在变味，已经找不到了属于季节轮回的自然！

我很怀念那样的腊八节！

遥远的年味

如今过年，大家都说没有年的味道了。

也是，工作了多年的这个城市，婚丧嫁娶，过年过节都不得放炮，没有办法，雾霾闹得。于是我回家陪着母亲过年，因为一直以来，觉得年味还被太行山的崇山峻岭挽留着。

除夕的年夜饭，由我准备，从海边的这个城市带回了很多海鲜，自然与别家不同。母亲总是向乡亲们炫耀：我过年吃的菜都是从大城市来的，带着一份孩子们出息后的自豪满满的表情。说实在的，我还是喜欢吃家乡菜园里种出的菜，那菜有着纯纯的菜味。

一大桌子的菜，鸡鸭鱼肉齐全。可是我总是想着小时候母亲准备的那几个菜——白菜薹炒肉，爆炒木耳，黄豆芽炖豆腐，黄花菜炒肉……那时候没有大棚，吃不上反季节的蔬菜。窖藏的大白菜是饭桌上的唯一绿色，但是豆芽是自己生的，没用无根促生长的药；木耳是自家枯榆木上长的，一定没有染色；豆腐是自己家做的，肯定没有用吊白块。所以地道的菜味，成为往昔年味的遥想，而今也成为了一种绿色的奢侈。

爆竹声声辞旧岁。在热热闹闹的爆竹声中吃完了年夜饭，和面、拌馅儿，包初一的饺子了。我偷个懒，要八十岁老母亲下手拌馅儿，觉得天下最香的饺子就是母亲包的白菜猪肉馅儿的饺子。记得二姐出嫁了，还割二斤猪肉到娘家来包饺子，说自己怎么也包不出母亲的味道来。母亲擀饺子皮儿，我包着饺子，往事在年夜的忙碌里复苏：母亲说，她小时候只有初一的饺子是白面的。初二就掺和了棒子面了。又一场忆苦思甜的现场会，小时候听腻了，现在特想听！我接着说，我小时候只顾放炮仗，不包饺子。还说怎么大年初一的饺子这么香啊，天天过年该多好啊！过了初一，还念叨着自编儿歌——大年初一头一天，过了初二是初三，一天不如一天。那种年渐次过去的失落，让年充满了本真的味道。

包完饺子，我拿出手机来，拍下包好的饺子，发朋友圈，配上这样的文字：幸福就是坐在八十岁老母亲的热炕头上，包着大年初一的饺子。看着这条微信，眼里、心里都湿润起来，惹得众位好友一通点赞！我也将心目中传统的年与这个信息时代勾连起来，让自己的年与这个世界实现了瞬间分享，这也是我今年寻觅回来的最浓的年味。

包完饺子看春晚，春晚是新民俗，可是春晚也在人们的审美疲劳里一年年地让人失望，成为了不看可惜、看着无新意的鸡肋。还是陪着母亲说话吧。母亲说："现在年简单了，过小年不祭灶了，不请新媳妇了，就剩下打麻将、耍牌了。"言语中有着对年味逝去的惋惜与无奈。

祭灶，那是我家最具宗教色彩的仪式：小时候看着母亲揭下上一年的灶王爷和灶王奶奶的木板"合影"，贴上新的。将旧的在灶膛里烧掉，灶王爷就驾着这一缕青烟上天，向老天爷禀告人间的烟火之事去了。上天言好事，下界报吉祥。母亲上香，供上麻糖，看看灶王爷上面的一行字，就说："今年是三龙治水，是不是要大旱呢？"又说："龙王多了不下雨，那年九龙治水，差一点旱死，这三龙治水，说不定还风调雨顺呢！"而我最关注贡品——一盘麻糖，一会儿撤供，我就可以吃了。

大年初二，炒几个菜，请来这一年远亲近邻家里娶来的新媳妇，吃顿饭，认识一下，攀上亲戚，也好在以后的日子里有个照应。新媳妇羞答答地吃一点，婶子、大娘地叫几声，一股乡情，立刻满满。

初一的大街小巷里，没有多少人。串门走亲戚，孩子们在低头弄着手机，有一搭没一搭地应付大人的提问。大人们围着麻将桌子，专注地打着麻将。见我来了，端上瓜子，倒上茶水，又去继续他们的娱乐事业去了。年在丰衣足食里一点点地消磨着，消磨着曾经的年味！

年假的结尾，驾车返回，大山里有了高速公路，几个小时便可以返回。一路上我纠结着，是喜欢在工业文明里快捷地生活呢，还是喜欢清苦地生活在那悠远的年味中呢？

其实我没有答案！

春节的记忆

时值春节,我慢慢走在大街上,看到一家店铺贴着手写的对联,红色的撒金纸上,洋洋洒洒地写着财源广进一类的黑字,笔画遒劲中带着飘逸,渲染着年节的氛围,觉得特别地有年味。

这让我想起了小时候父亲写春联的情景,在热闹的年集上买上几张红纸,拿出一年才用一次的毛笔和砚台,用剪子裁出长条和方斗,挥毫泼墨,淡淡的墨香和着爆竹的火药香,酵出了一天浓浓的年味,也亮堂了整个过年的心情。父亲那几天特别地忙,写自己家的,写亲戚的;给邻居写,给乡亲写,红红地摆了半个院子,和院子里晾着的煎饼、豆腐干儿一起,成为了农家年货中的一道文化风景。

大家来取对联了,带着对文化以及文化人的尊重,带着一脸的喜气捧走,然后打上一铁勺糨糊,贴上一副副红黑分明的对联,也贴上了一年的期盼。

走到每一家门前,人们都驻足下来,看一看,读一读,在物质贫乏的春节里,人们却尽力地寻找着精神的富足。而今,遍地售卖着印刷的对联，红底金字，装饰精美，却觉得红纸金字的搭配有点俗气，缺少了手写桃符的古朴和雅致。

今天看着这副手写的对联，好像是母亲亲手做的一碗手擀面，味道十足。心中不禁弱弱地想：若干年后，我们的子孙们是不是觉得对联就是印刷的呢？

过年除了贴对联，还要贴窗花。一进腊月，人们将一沓沓厚厚的红纸摆在案板上，老艺人手握着一把锋利的切刀，在红纸上切割、裁剪，红红的纸屑飘落在地上，和着屋外漫天的飞雪，渲染着瑞雪丰年的氛围。撕掉旧窗纸，在窗棂上糊上白白的棉纸，然后小心翼翼地贴上红红的窗花，像是在心里贴上了一份喜庆，能辉煌整个年节。今年我在大街上也买了几对"年年有余"的窗花，打开才知道是印刷在塑料布上的，贴在窗上，像是在明亮的窗子上贴了一贴膏药，觉得不是那个意思，老是心念念地想着儿时红红的窗花。

说到这喜庆的年节红，又让我想起了江南的油纸伞。在杭州的宋城游玩，观摩制伞：选伞柄，做伞骨，在特质的纸张上反复刷上桐油，涂上红红的色彩。伞一撑开，那红色渲染出一种古老和浪漫，让人想起了西湖边那个与伞有关的爱情故事；想起了在一条幽深的雨巷里，一个穿着一身羽白旗袍，撑着油纸伞，眉间结着愁怨的姑娘；也想起来六七十年代人们买的那张年画《毛主席去安源》，只见伟人着一袭青色长袍，手上拿着的也是一把红色的油纸伞。

儿时的年节里可以穿上一件新衣服、一双新鞋子，多是母亲亲手缝制的。我最喜欢母亲亲手做的黑条纹绒的布棉鞋，千层底的，鞋帮里续上白白的棉花，从不烧脚，穿上了总喜欢多走几步路。孟郊云："慈母手中线，游子身上衣，临行密密缝，意恐迟迟归。"而今回家过年的少了，还要央视要做公益广告来号召大家回家，可见漂泊的游子已经不再穿由母亲做的千层底了。

儿时赶年集儿，喜欢驻足在镇上那家唯一的铁匠铺子前，一是那红红的炉火带来了些许的暖意，二是这里的生意好于平时，几乎家家都要更换一把菜刀，因为庄稼人一年中只有在这时才切猪肉、断猪骨。只见一个徒弟呼嗒——呼嗒——地拉着风箱，师傅用铁钳夹着一块熟铁在火炉上熔炼，到了火候，钳出来放在铁砧上，两个徒弟抡起大锤反复地敲打着，师傅用一个小锤修补着徒弟们的锤痕，叮叮当当的打铁声像是快三节奏的舞曲，听着就悦耳提神。铺子前面摆着一些打制好的农具和炊具，泛着青光，像是从秦汉时穿越而来，带着悠远的农耕文明的印记。

　　有一年春节，看中央十套的"时光擂台"节目，节目里展示了很多手工的东西，很是怀旧，在喜庆的年节里，平添了一种悠远的落寞。时代总是快速地发展，不可阻挡，可是我们总忘不掉由手工制作的好东西。它让我们在时下浮躁的风气里，去追忆那份缓慢与朴实、真诚与简单，又让我们在过去的时光里，用怀旧的思绪搭建起一间小小的茅草屋，去收留我烦乱而疲惫的心灵。

第五辑　迤逦往事

妈妈的味道

几年前,一位记者采访一位在世界各地作美食评委的美食家:你认为世界各地哪里的美食味道最好?这位美食家毫不犹豫地说:"妈妈的味道!"

二姐出嫁了,总是赖在家里不走,一份对娘家的留恋被各种想住在娘家的借口支撑着,借口的核心是娘做的饭好吃,婆婆做的饭没有味道。在没有分家另过不能当家做主的小媳妇的时光里,娘家是一份割舍不了的眷恋,而妈妈做饭的味道就成了对姑娘时光的、最烟腾火气的思念。终于二姐和婆婆异爨,自己拥有了口味的主权,可是二姐还是带上食材,来到娘家包饺子吃。母亲不解:你怎么不自己包啊?二姐无奈地说:"看着您做:和面—拌馅儿—煮饺子,怎么就没有您包的香啊!"想来出嫁的女子,留恋着二十几年做姑娘的日子,原来最留恋的是妈妈的味道!

生活匆忙,忙而无序,经过一段纷乱的日子后,打开电视,看到了王小丫主持的"回家吃饭"节目。先是感慨着小丫已经不小,但有着一份中年的从容和大气。接着就喜欢上了这档节目,一期一个嘉宾,带来一道本家的家常菜，用家里的非专业的厨具，用家里的非专业的刀工，用家里常见的作料，炒制一份家常往事，故事的主角往往是母亲，而嘉宾们也倾尽全力复制着妈妈的味道！烧菜完毕，彼此间品尝着，一句"嗯——妈妈的味道"，成为了最高的褒奖。在应酬繁多的今天，回家吃饭也成了一种奢侈，但觉山珍海味皆尝尽，回头还是家常香。其实回家吃饭不就是吃一份团圆，一份温馨，一份妈妈的味道吗？

想起儿子两岁的时候，我和妻都很忙，顾不上照看儿子，让母亲带着。母亲将孩子抱走，我们俩做贼一般地偷偷上车离去。一路上没有一句话，耳畔幻听着儿子撕心裂肺的要找妈妈的哭声。几个月后，难熬一份想念，回家看看孩子，相聚的喜悦怎抵分别的苦痛，相聚刚来，分别在即。时间久了，儿子被分别折磨得成熟了，不再缠着我们，而是到车站送我们，而在送别时候便期盼着相聚的日子——"树叶绿的时候你们还会看我的，是吧，妈妈？"

几天后，接到母亲的电话，说被儿子打肿了眼睛。我就抱怨母亲惯孩子，忙问为什么。母亲说："你们走了，孩子天天抱着妈妈枕过的枕头睡觉，今天中午，我枕着这个枕头准备睡觉，小家伙就一拳捶在我的眼睛上，捶得我眼冒金星。说：'你枕了这个枕头，再就没有妈妈的味了'。"

哦——，妈妈的味道！

《舌尖上的中国》——一部纪录片，火红了好一段时间。中国传统的厨艺，借助着现代电视的手段，将色、香、味与视听结合得淋漓尽致。有人说"舌尖"的成功，是将食材拌着文化来炒，或者将食材拌着各地风情来炒，或者和着一份亲情来炒，所以视觉中的美食，超越了果腹的目的，涵养着精神的家园。而我独喜那些将亲情搅拌在美食里的故事，特别是将妈妈的味道糅进美食的桥段，有着口福之外的温暖和浓浓的思念。

腊月来了，我准备回家过年，在出来工作二十几年里，过年回家是寒假里的头等大事。母亲怕耽误了工作，总是违心地说："要是忙就别回来了！"而我有着再忙也得回去的决绝。前年春节，父亲走了，觉得我紧紧拉着故乡的手被强行掰开了一只；母亲身体不好，我就不断地电话联系，拼命地拉紧了这一只手。回家过年，看看妈妈，其实是想妈妈的味道了——妈妈亲手包的白菜猪肉馅儿的饺子；打开锅盖后，热气腾腾地散发着黄米、红枣味道的一箅子枣儿糕。

小寒大寒，杀猪过年！一句谚语，渲染了年的味道。也提醒着我准备好行囊，去享受妈妈做的味道了！

读书往事

我对书有一种与生俱来的缘分，难解难分！

二十个世纪七十年代初，我五岁，还没上学，就吵着要书。我读到的第一部书是一本连环画。当时我们镇有一家小书店，里面有花花绿绿的连环画。走进那个小店，书店里特殊的"书味"吸引了我，一下子沁到了骨髓，于是我决定要父母给我买一本连环画。要知道在那个吃了上顿没下顿的时代里，这个要求是不可能被满足的，但我还是禁不住那书香味的诱惑，吭吭哪哪地向父母提出了这一要求。母亲送来一个狠狠的但又无奈的眼神——你还想上天呀！可巧有同村的一位婶子在旁边替我说话："孩子要就给买一本吧。"母亲很不情愿地从衣服内侧的一个兜里摸出了一毛钱，让大姐带着我去买。我选择了一本彩绘本连环画《半夜鸡叫》，化掉了8分钱。此后一年多的时间里，在小朋友面前，我因拥有一本书，而有一种高高在上的优越感。只有对我友善的、跟我玩儿的、服从于我的，我才会借给他看看。并且只准看一遍。从此后，屁股后面总是跟着四五个小弟兄，为我鞍前马后地"效劳"着，以换取一次看画儿的机会。即便这样，在近一年的时间里，我还是把它翻烂了。

小学五年级时放麦假，我对大部头的小说有了兴趣，到哪里去找书呢？恰在这时，我村的一位抗战时参加革命的老干部，落叶归根，离休回到家乡，他带回了许多大部头的小说。老干部经常地坐着竹摇椅，带着老花镜，专心地读着，读得高兴了，便用手拍一拍由花白头发镶边的头顶，头顶上有一个触目惊心的疤痕，是抗美援朝时留下的。我经常羡慕地杵着膝盖，拉长脖子和他一起读，就好像和其他小朋友一起看连环画一样。他起初并没有把我这个小孩子放在心上，自顾自地读着。有一天，他慢慢摘下老花镜问：

"你是谁家的孩子？"

"苇子地老禄家的。"我怯生生地回答，带着说出父母的名字后的大不敬之感。

"你喜欢读书？"

"嗯——""嗯！"

我惶恐而真诚地点点头。他走回屋内，拿来一部《三国演义》上册交给我，叮嘱我不要损坏。我得到了一个意外的收获，兴奋得像小鸟一样飞回家。但是什么时间来读呢？母亲要求我每天捡麦根（将夹杂在麦秸中的麦穗拣出来），天天如此。而那个大麦秸垛像大山一样，考验着我的耐心。于是我在麦秸垛里掏了一个洞，外面用一个树枝虚掩上，既保证了光线射入，又不会被母亲发现，我就在"书洞"里读完了《三国演义》的上册，换来了下册。正当我为我洞中的读书生活扬扬得意时，母亲来翻晒麦秸，用铁叉挑开了那个掩着"书洞"的树杈，把我从洞里掏了出来。母亲被我吓了一跳，进而大喊："小狗儿的，原来躲在这里呀！"我深知逃避劳动的后果，于是丢盔卸甲、落荒而逃，也将《三国演义》丢在了洞里。母亲并没有追我，而是用手中铁叉将我的书和麦秸一起扔到麦秸垛的上面，这也把我的心扔了上去——千万不要扯了啊！

当我取下书时，有一页被扯掉了长长的一条。我用农村电工用的黑胶布粘上了，还给了老干部，并不敢将实情相告，因为自己是绝对赔不起的。老干部也没有打开看，只是认真地将其放回书架。我觉得心要冲出脑门了，也不知道怎么走出那个篱笆小院的，从此再也没有走进过那个小院。

　　90年代初，上了大学，学校的图书馆有130万册的图书，参观学校图书馆《四库全书》的书库时，我被那里的文化气息呛得喘不过气来。仰头遥望，书山学海，感到了生命的渺小和短暂——什么时候才可以读完这么多的书啊！

　　寝室老三喜欢莎士比亚，节衣缩食半年多，终于购得了《莎士比亚全集》。课余时间里，他挥舞着拖布杆儿，似乎挥舞着一把可以决斗的长剑。用带有坝上口音的普通话朗读《哈姆雷特》的台词——生存还是毁灭，这是一个问题！带着后鼻音的他将"生存"读成"生重"，将"问题"读成了"瓮题"。后来我在一个旧书摊上淘到了一套《莎士比亚评传》，老三好生艳羡，一直想占为己有，甚至想高价从我手里购得，被我果断地拒绝。毕业的时候说："老二，你要是给了我那套《莎士比亚评传》，我认为是最好的毕业礼物！"在这样的情感攻势下，我竟没有舍得！

　　老四是金庸迷，简称金迷。并且断言：武侠小说在未来的中国文学史上定有一席之地。他天天"纸醉金迷"于武侠的世界里："飞雪连天射白鹿；笑书神侠倚碧鸳。"看尽金庸所有，而意犹未尽，满腹里都是金庸大师为什么不再创作了的遗憾。一日兴冲冲回到寝室，手拿着金庸的新作，高喊起来。大家不约而同，齐来围观，细看之下，原来是"金庸"的作品，活脱脱的一个山寨金庸。老人说："出了新作也没有什么，怎比得上《百年孤独》呢？"此时老大心里只有奥力量诺，并做着《百年孤独》与《红楼梦》的对比阅读。

　　毕业的晚上，大家倾诉着离情，也说着读书的感受。我遗憾地说，如果从大一重新开始，一定要多读一点书。老三说，现在还能从生活费里省下钱来买点书，估计上了班，挣了钱，就再也不会买书了。

果然，工作了，二十几年来忙忙碌碌，书读得少了。同事们的钱也用来买房子和股票，很少用来买书。高中毕业后上大学的学生回来看我，说到学校的图书馆，都说平时没多少人，期末考试时才需要占座的。

工作虽然累，但我一有时间还是看上几册书，也写一点抒发性灵的文字，不觉也发表了百余篇，总觉得自己和书的缘分未尽。也经常给儿子买一些书，希望他不要有自己儿时对书那种饥饿感，但儿子并不是多么的"饥饿"，似乎更喜欢用手机占着眼睛，用耳机堵着耳朵。教语文，指导学生到阅览室读书，学生很是抵触，我也知道在这个视听的年代里，学生更喜欢他们的手机。办学条件好了，面对学校图书馆里的大量图书，学生们就像是站在粮堆上的一只鸡，不知道去啄哪一粒米，更不会像我小时候那样，在土里去寻那粒米。

单位举办读书活动，创办书香校园；市里举办读书征文比赛，大张旗鼓地表彰获奖者，此时我感到了袅袅的书香。想起来了二战时的一张照片来：德国轰炸了后的荷兰图书馆，断壁残垣，一排书架未倒，几个战后余生的市民，在书架上选书……

我所在的海滨城市的海滩上有一座公益图书馆——最孤独的图书馆，远离城市，孤零零地矗立一片沙滩之上。而这个图书馆每天都需要预约……

打方包

  在记忆的深处，我捞起了一段往事——打方包。
  二十个世纪七十年代，放学后，若没有打猪草的任务，是可以玩一会儿游戏的。儿时都有哪些游戏呢？如果人多，就可以玩带有时代特点的"抓特务"——一群男孩子，选出一个腿脚利落、面目"狰狞"的人当特务，让他提前十分八分钟潜伏起来，然后大家都分开行动，去抓这个特务。如果只有三两人，那就打方包。
  方包，是用纸折叠而成——将两张纸折成长方形，十字交叉，相互叠压，折成一个正方形纸包，我们就将这个小纸包称为方包。在纸张紧缺的年代里，就捡拾路上丢弃的烟盒，将外包装和里面的锡纸，折叠成一个方包，五彩缤纷的。如果能够寻得一张硬纸片，剪成方形，夹在方包的背面，这个方包就显得威力很大。只不过这算是一种作弊的手段，如果被发现了，就要被惩罚——直接没收这个方包。如果找到废书纸，用双层折叠，方包就有了重量，威力指数大增。当然威力最大的当属用牛皮纸叠成的方包，由于包装用的牛皮纸较大，可以叠成一个巨无霸，作为打方包时的杀手锏。

小时候，每个人手中有十几个方包，按照薄厚在手中排列。交战的双方先石头剪子布，输的一方，将自己的方包平整地放在地面之上，再跺上几脚，弥合地面的空隙，这样对方就很难将其打翻。赢的一方用自己的方包斜着打这个方包，如果能打翻，则这个方包就成为了他的战利品，如果不能成功，就得等着另一方来打。

打方包有点像评书里的古代战争，讲究兵对兵，将对将，薄的对薄的，厚的对厚的，因此比赛起来需对战很多回合。如果打完了对方的方包，没有将对手方包掀翻，而自己的方包的一角，又支在了杂物上，有了角度，往往会被对方生擒活捉。有的时候落到一堆沙土之上，对方便像电视剧《亮剑》中里八路军围攻李家坡一样，开展一番土工作业，将方包的一角下面的土用一个小木棍轻轻挖掉，让其露出空隙来。如果土工作业的时候，触动了对方的方包，则算违规，立刻攻防反转，要将自己的方包向空中一抛，随机落地，让对方来打。

双方一般都留着后手，将自己最大、最厚的方包留在最后。只见两个用牛皮纸包成的方包，有馅饼大小、薄厚，摔在地上发出"嘭嘭"的响声，相当有气势，嘭嘭啪啪地大战起来，甩得胳膊生疼。大战几十回合，直到分出胜负。凯旋者拿走所有的方包，失败者则是丢掉了所有的资本，有时会不顾一切地撕掉语文、数学课本的封底，叠成一个方包，去做最后的一搏，往往于事无补，换来的是家长和老师的一顿惩戒。

为了避免这种情况，我联合了三个小伙伴，成立了方包合作社，我们称之为搭伙，就是将所有的方包放到一起，和对手交锋可以动用三个人的储备，赢来的方包则属于集体，这样就避免了碰上战力指数高的对手，被赢光自己的所有，却无法翻盘。先进的运营模式，体现了合作的优势，我们赢过前街里几乎所有对手，积攒了几百个方包。后来将赢来的方包用废纸的名义，卖给了供销社的废旧物质收购站，一共卖了三毛六，分红后，大喜过望，在供销社一通消费——买了铅笔两支，水果糖两块。

而今，孩子们在网络上相约，在手机里相见，在某个游戏平台上天昏地暗地厮杀。可以买装备，增强自己的战力值；可以组战队，参加比赛。在一个虚拟的环境里，焚膏继晷地"征战"着，做着低头族……

我无法比较网游和打方包的优劣，就如我们无法阻挡社会的发展一样。或许，在孩子们眼里，我们的方包老土，但是总有一天孩子的孩子也会吐槽他们玩的网游落后。我们所做的就是将一切交给时间，让孩子们拥有属于他们的健康和快乐，倘若如此就够了。

父亲留下的一本老字典

　　我家有一本 1957 年版的商务印书馆出版的《新华字典》。这本字典是我家的圣书,被母亲严严实实地锁在一个小木箱子里。

　　说它是圣书,是因为在它的册页里夹着我家的生活命脉,母亲从鸡屁股里抠出的几元钱,就夹在里面,用来买一些柴米油盐等生活必需品。我们姐弟七人要交学费了,母亲就打开箱子,拿出字典,小心翼翼地从册页里抽出几张女拖拉机手图案的一元纸币来,给我们交学费。我也顺便看到,除了零碎的几张毛票外,字典里还夹着几张粮票和布票,还有一张农村信用社的红存折。母亲每一次都打开那张存折看看,又珍重地放回字典的册页里,并用手使劲地按一按。

　　1975 年,我上一年级,时常吃不饱肚子,记忆里是一片饥饿。要交学费了,母亲告诉我,给老师说说,现在没有钱,等着秋后再交。我觉得同学们都交了,怎么就自己交不上呢?觉得特别地没有面子,于是闹着要翻开字典来看。母亲看我不死心,就面带愁容地打开箱子,拿出字典,一页一页地翻开来给我看,结果没有找到一毛钱。我说存折呢?

存折里写了那么多的字，一定存了不少钱。母亲说，这个折子里存的是六二年我和你爹被下放回家支援农业时国家给的60元安家费，十多年了，没有钱了。我第一次看到存折里面，在支出栏里用钢笔密密麻麻地写着许多字，存入栏目里只有一行字：60.00整。余额栏里写着0.12的字样。母亲又很郑重地将存折夹到字典里，再用手使劲按一按，好像那个空存折是个聚宝盆，可以招来滚滚财源。母亲边将字典锁到木箱子里边说："这字典是你爹在宣化当工人时买的，那时他可喜欢写字呢！"说到这里，母亲面带愁容的脸上荡漾着一份幸福。

父亲的小学时代是抗战时期，在战火硝烟里断断续续地读书。爷爷死于战乱以后，父亲边代耕（给村里的军烈属种地）边读书。到了解放后，小学才读完，父亲也十八岁了，参加了高小（相当于初中）考试，由于年龄偏大，被拒绝录取。父亲一气之下，便只身到宣化一家铁矿工作，但是他并没有放弃读书的想法，而是从每月不到40元的工资里拿出钱来买书学习，这本字典便是那个时候买的。我无法想象，只有小学文化的父亲，在一天井下工作后是怎样坚持读书的。父亲的那一手毛笔字写得很周正，钢笔字也写得很洒脱。父亲后来被提拔为安全组的组长，成了矿区的管理干部，这和父亲的学习是分不开的。而这本字典便是父亲学习的一个见证。

我也问过父亲，字典里每个字旁边的数字是什么呢？父亲说是四角号码，是用来查字的，叫四角号码检字法。我又问，那些不是字的笔画又是什么呢？父亲又说那就是汉语拼音啊，是一个叫章炳麟的先生创设的。你们学的拼音我可看不懂。我顿时觉得这本字典好神奇，好遥远，遥远得像是殷墟的甲骨文。

而今，生活好了，字典没有了储备家庭经济命脉的职能。一次回家，我看到这本字典，觉得它凝聚着我们家族的传承，有一种强烈的继承愿望，于是我让母亲把字典送给我。母亲答应了。我接过字典，似乎接过来一份诗书传家的家风，觉得庄重而神圣，不觉鼻子有点酸酸的。

而今父亲不在了，睹物思人，我就常翻那本字典，但见扉页上有父亲一方红色的手章，久经岁月后依旧红艳。

我将这本经历了近六十年岁月洗礼的字典珍藏在书橱里，码放在最显眼的地方，尽管岁月已经将"新华字典"四字斑驳成了两个字，册页里也沉淀着岁月的枯黄。但在我的心里，它仍然是一本沉淀亲情的圣书，用它那枯黄的色彩告诉我：你将读书的家风传下去，也将那份艰难的日子存下来，并将那份隔世的思念留在心底！

高考的时空

儿子要高考了。

微信朋友圈里，凡是为高考加油的帖子我都去点了赞。自作多情地认为别人理解自己。

6月6日早上，母亲打来电话，要我给她的大孙子转达一句话——先做会做的题。并严肃而庄重地对我说，明天早上替我给菩萨上炷香，保佑我的大孙子考上好大学。虽然隔着千里，我体味到了跨越空间的爱，这爱让我流下了眼泪。

想起1990年我参加高考时，母亲陪着我到了县城，可是在考前去了距离县城十几公里的大姐家，生怕她的陪考给我加上压力。经历了三次高考失败的我自觉还是没有发挥出正常的水平，考完后就去大姐家里找母亲。母亲在房上给大姐晾晒麦子，问我考的情况，我说考得不好。母亲说："考了三次了，咱不考了，干嘛不吃一碗饭呢？"母亲竭力安慰我。我很绝望地说："今年考不上就包工去了，不补习了！"然而这一年我却考上了河北师大。生活的无常就是在希望满满时让人绝望，将人折磨到绝望的时候又给人以希望。

晚上十一点钟，电闪雷鸣，大雨倾盆。龙行有雨，这批孩子也是属龙的，心里觉得这雨是祥瑞，心情大好。又想着这雷电会不会把孩子给震醒了呢？窗子没有关，担心风携着雨吹进房间来，又怕自己起床关窗，惊扰了孩子的梦。于是任凭风吹雨打，我还是高卧不起。俄尔，听到了窸窸窣窣的脚步声，有人在关窗子。我赤脚下地，轻轻地打开书房的门，见儿子在关客厅的窗户，关上后又酣然入梦。

想起1988年参加高考时，我和表弟一起住在舅舅的办公室里，晚上做了一个噩梦——离开考只有一个小时了，我还在距离县城40公里的家里等车，越是着急越不来车。我气急败坏地大喊大叫，一下子从梦里喊出声来，我满头的大汗，湿透枕巾。表弟迷迷糊糊地看着我，问我怎么了，我说做了一个怕梦，误了考试。

早上做了孩子最想吃的肉夹馍，心里一直惦念着天气，看来只能开车送孩子了。好在老天很通人情，七点半钟，雨不下了。孩子坚持自己骑着自行车去赶考。我半是担心：担心路上再下雨，担心交通安全，担心丢了文具和证件……我半是欣喜：欣喜的是这个00后的小伙子，选择了独自面对人生的第一次大考。

九点钟，心中默念着祝福，从这个房间走到另一个房间，心里静不下来，像是怀揣着极其重要的事儿，又不知道是什么事儿，显得无所事事而又忙忙碌碌。亲自当了儿子三年的语文老师，我们既是父子，又是师徒。此时觉得帮不上任何忙，无助到了极致，像是在大海里漂着，却又找不到半点依托，哪怕是一根稻草。嘴里默念着："儿子呀，一切只能靠你自己了！"

想起了1989年自己参加高考的事儿，同班的张立佳在考前放松的两天里，去村后的田野里散心，见了一座土地庙，于是就跪在土地庙前，磕了三个响头，让土地爷保佑自己金榜题名。我说土地爷好像不管这事儿，他说神仙间相互认识，可以打个招呼。我当时特别地失落，我们村里怎么没有土地庙呢？

12点，儿子考完语文回家，一切正常发挥。我用尽所有厨艺准备了一荤、一素、一凉、一汤。孩子吃得香甜，我也感受到自己在高考期间的价值。12点50，儿子午休了，我却不敢小睡，一直强睁着眼，两点，去叫孩子，问睡着了吗？儿子说没有，我心里一沉，这一沉，全表现在了脸上。

儿子说没事，我中午一般不睡。似乎在有意地安慰我。我一下子觉得自己很不淡定，心里却又稍稍地欢喜起来。

还记得1989年7月6日的晚上，我翻来覆去地睡不着。到了十一点还是睡不着，于是吃了一片安定，到了十二点半还是睡不着，又吃了两片安定。早上七点被舅妈叫醒，头晕乎乎的，眼睛睁不开。胡乱地吃了一点早饭，在额头上洒上半瓶风油精，就去考语文了，这晚的失眠，我一直认为是我那年高考失败的一个重要原因。

晚上6点，儿子考完数学回家，很放松地说："我还认为高考会让人多么紧张呢！其实不就是一次考试吗？"我明白孩子彻底放开了，此时，看向窗外，天上乌云散尽，天朗气清。

微信里，我的语文课代表留言，说数学考得极差，自己会的题也搞错了，她很沮丧，连续几个流泪的图标，诉说着无尽的遗憾和痛苦。

"为什么要对答案呢？"我柔和地批评一句。

"我没有对，偶然听到别人在对答案，知道自己错了。"

"有可能是他们错了呀！"

"对呀！"

于是高高兴兴地下线了。

我感到了一种灵魂拯救的愉悦，这愉悦只是一闪而过。紧接着又是沉甸甸的担忧，但是这担忧绝对不能再写在脸上。

173

想到我的1990年，考完地理，感觉超好，可以给自己的弱科数学平均来不少分数。在县招待所吃饭，我班的王家营汗流浃背地走过来说：那道三大地形区的地理题，我还以为是澳大利亚呢？原来是南非。我的脑子一下炸了，我答的也是澳大利亚呀，嘴里含着饭，咽不下去，呆呆地看着眼前的饭，似乎没有了饭香，反而嗅到了第三次高考失败的味道。或许是久经沙场，或许是心灵绝望到极致后的反弹，几分钟的绝望后，心里想：去他的吧，地理！第二天该答数学答数学，该做英语做英语。

那一年，我高考却成功了！

好长的6月7日，漫长得像一个世纪，躺在床上，辗转反侧地想，想着，想着，心里清晰起来：经历高考的儿子会更从容、更自信，高考的结果一定是对他三年付出的回报。

时空交错里，述说着两代人的高考。而今的高考已经不是我参加的可以改变命运的高考，但高考还是可以为孩子们将来的竞争提供一个更好的平台。虽然不是千军万马过独木桥的时代，但是我依然希望我的儿子有一个接受良好大学教育的机会，更希望他们00后的一切，在高考后变得越来越好！

贾石老师纪年

贾石老师,是小镇中学的敲钟人。他敲的那口大钟颇有些来历,据说是明朝万历年间铸造的,小镇中学草创时,被人从东山上的奶奶庙中运来,从此就挂在了学校传达室门口的槐树上。槐树只有杯口粗细,那口大钟挂在上面,显得极不协调,像批斗"黑五类"时挂在脖子上的大牌子,有一点儿不堪重负之感。于是,槐树便慢慢向传达室门口鞠躬,最终长成了一棵歪脖树。

1959年10月1日,是贾老师来到这个小镇中学工作的日子。人们之所以称他为贾老师而不是贾师傅,是因为贾老师在华东一所著名的师范院校数学系读过书,也就在他即将毕业时,他成了学校的首批"右派",于是便被下放到太行山深处的小镇接受"再教育"。带着右派的帽子是无论如何不能教课的,校长觉得这个带着深度近视镜的黑黑瘦瘦的南方小伙子,是绝不能胜任食堂做饭这项工作的,于是便将"司铃"的任务交给了他。从此,贾老师便在那棵歪脖槐树下开始了工作。大钟每天早上六点十五分敲响,悠远的钟声传遍整个小镇。它准时唤醒学子们起床，提醒学生们上课、休息。小镇的居民知道，贾老师敲钟，点正得和话匣子里的北京时间一模一样，在那个钟表极不普及的时代，学校的钟声还起着提示全镇人作息的作用，人们一觉醒来，不知道几更几点，便问"中学的钟响了没？"小镇中学的学生自不必说，他们都是在这准确的钟声中起床、跑操、上课、休息、考大学……

在贾老师参加工作两年后，就是中国人跑步进入共产主义彻底失败的时候，小镇和全国的形势一样，陷入了饥荒。人们到处寻找着充饥的东西。榆树首当其冲，先是榆钱不见了，接着榆叶不见了，接着榆皮也不见了，眨眼间榆树变成一架架白白的枯骨，在1961年春天的原野里矗立着。传达室门前的槐树开满了繁盛的槐花，堆堆累累，看不到枝杈，像是枝头挂满了厚厚的雪花，整个树又像是一尊圣洁的菩萨，特地来拯救世间苦难的。学生们爬上槐树，捋下槐花，大把地塞进嘴里，贪婪地嚼着。只有树顶上的一枝，由于圪针密布，学生们无法摘取，高高地立在树头，像一枝孤坟上的招魂幡，在树顶上招摇着。贾老师将学生们掉在地上的槐花，一粒粒地捡起，用清水洗洗，放到嘴里嚼着。第二年的春天，那棵槐树依然槐花盛开，继续缓解人们的饥饿，也给1962年的春天带来了一抹春色。

1969年冬，中华大地上滚动着"革命"的浪潮，各地学生进行着革命的大串联，小镇的这所中学成了革命的驿站——高音喇叭里播放着各地红卫兵重走长征路的誓言书，穿插着歌曲《大海航行靠舵手》。一队队穿着绿军装缟着红袖章的青年打着红旗走进中学，第二天又踏上革命的征程。课已经停了，贾老师已经不再为上课、下课敲钟，而是为住在学校的各地串联学生敲钟，早、中、晚各一次开饭钟，凌晨5点一次起床钟，提醒着革命小将踏上"长征"的路途。学校内部也进行着轰轰烈烈的"革命"，不断有反革命的学术权威被挖出、关押、批斗。教历史的史老师被学生揪到讲台之上，跪在讲桌上接受批斗，一场两个小时的批斗会终于结束了，一位革命小将一脚踢翻了讲桌，史老师一头抢地，昏死过去。贾老师在众人散去后，端来了一碗热水，唤醒了史老师。史老师趔趄着走回宿舍，一言不发。贾老师低声说："你，想开点儿！"腊八早晨起来，贾老师发现，史老师像那口大钟一样，吊在了大槐树上，贾老师小心地将史老师卸下来，捎信给史老师的家属，将遗体抬走，他便一头钻进传达室，好几天没有出来，据说是大病了一场。几天后，学校门口开来一辆北京212吉普警车，也将贾老师这个隐藏在山区"老右"挖了出来，投进省第一监狱。此后，大槐树也病怏怏的，不断有枝丫枯死，只是勉强地承载着那口大钟。而这口大钟也险些被当成"四旧"给破掉，革命小将们念其承担着召集革命队伍集合的任务，这才躲过一劫，于是大钟便成了文革后小镇幸存的唯一文物。

1979年，身着一身崭新中山装的贾老师回到了小镇，脸庞较十年前更加清瘦，但精神头儿不错，脸上挂着小镇人从没有见过的笑容。据说贾老师的冤案平反了，右派的帽子摘掉了，名誉恢复了，工资补发了。按照政策，贾老师可以回到上海老家工作，组织上宣读了平反通知后，征询贾老师意愿。贾老师抬头，看看远处的太行山，咬着嘴唇一字一板地说："我回太行，我在哪儿跌倒的在哪儿爬起来！"人们惊奇地发现，贾老师还带回了一位30岁左右的女子，这女子是一位狱友的妹妹。这位狱友的经历和贾老师类似，他妹妹也由于这个污点，难以找到合适的对象，在家成了老闺女。这位狱友在和贾老师一起落实政策时，便自作红娘，将妹妹许给了贾老师。校领导征求贾老师的意见，说可不可以教书，贾老师低沉地说："毕业20年了，没有走上讲台一次，生疏了，生疏了……别耽误了娃儿们！"且十几年的牢狱之灾，贾老师的腰椎也有了问题，不可以长久地站立，于是贾老师还是选择了敲钟。二十年后小镇的人们再次听到了那准确而悠扬的钟声。这钟声成了贾老师生活的组成部分，成了贾老师雷打不动的习惯，即使是学生周日回家，贾老师依旧准时鸣钟，否则就不能安稳地吃饭，贾老师的女儿便在这钟声中来到人间。小镇也在贾老师的钟声中变化着：联产承包、多种经营，解决温饱，走向富裕……学生也在这钟声里刻苦学习着，一批批地考取城里的大学，去追求大山那边的梦想。门前的大槐树，在贾老师喜得千金那一年，竟在半死不活的枝丫间长出了许多新枝叶，树的根部也长出许多树娃娃。

1999年底，贾老师接到了他的退休通知。这一天，天阴沉着，不时地飘下几片雪花来，此时大槐树已是一棵老槐树，老树挽着大钟，大钟依附着老树。钟锤下长长的铁链，每隔一米便有一个焊接的接头，那是随着槐树的长高，贾老师不断地续接而成的。每一个接头，都是贾老师这么多年工作的总结。于是枝丫沧桑的老槐树，锈迹斑斑的大钟，白发苍苍的贾老师，构成了小镇中学最富历史底蕴的景色。此时，贾老师庄重地敲响了下午最后一节课下课的钟声，当——当——当，突然悠扬的钟声变成了干瘪噪声。忙请人把钟从老树上卸下来，发现大钟身上出现了两尺多长的裂缝，这口万历年间的大钟竟和贾老师一起退休了。贾老师的脸色如天上的浓云，眉头皱得像老槐树上的一个苍老的树疤，他手扶着这口大钟，在寒风中足足站了两个钟点。

第二天学校换了一套定时的铃声，铃铃铃的声音提醒着学子们上课、下课。贾老师总觉得这铃声不地道，听着不舒服。同时这电铃也不如贾老师的钟声准确，一个月总要快上两分三十六秒，每月需调整一次。从此小镇失去了往日的一景，人们似乎也忘记这一独具韵味的景色，因为人们的生活已不需要贾老师用钟声去提示了，小镇也正以它从未有过的速度前进着，先是有了第一家超市，有了第一家歌舞厅，有了第一条商业街，有了第一个规范的生活小区……

2009年夏，贾老师走到了生命的尽头，已经在北京上班的女儿回到他的身边，还带回了一套贾老师最喜欢的奥运纪念币，还有女儿做奥运志愿者时在鸟巢和水立方前的留影。贾老师告诉女儿："孩子，爱自己的工作，做好自己的工作。"说完贾老师带着满意的微笑，在学校下课的音乐铃声中驾鹤西游了。

　　学校要举办一个追悼会，贾老师除了给学校敲钟，似乎什么也没有干，他的悼词让办公室的张主任很是犯愁，好在有互联网，张主任熬了一个通宵，借鉴了互联网上的许多哀词悼语，总算草就成章：贾石老师，上海市南汇区人，他为我校准确司铃几十年……

　　准确司铃几十年，这评价对于贾老师而言，够了！

看《射雕英雄传》的日子

戊戌年农历九月二十三，打开各种媒体，都是金庸大师驾鹤西游的新闻。先生一生，飞雪连天射白鹿，笑书神侠倚碧鸳，巨笔如剑，刻画了一派江湖的风光，陪伴了几代人的青春。

初识金庸笔下的江湖，是在三十几年前。我在太行山深处的一个小镇读高三。小镇北边的白石山上，新架起一座电视信号转播塔，小镇的电视第一次清晰起来。转播台七点转播完"新闻联播"以后，就可以播放自编的节目。记得暑假补课，学校隔壁的太行山开发中心的值班人员，将全镇唯一的一台彩色电视搬到了院子里，收看金庸先生的作品《射雕英雄传》。胆子大的同学从晚自习课上逃走，去看这一部从港台引进的武打连续剧，一去便欲罢不能，且不时地瓦解着坚持上自习的同学。于是课间同学们都谈论着江南七怪，东邪西毒，哼唱着那首《铁血丹心》——依稀往梦似曾见，心内波澜现……

我一下被排挤在了同学们的话题之外，插不上嘴，说不上话，感觉被时代落下了很远很远。于是向那些胆子大敢于逃学看电视的同学询问。

一问之下，他们不遗余力地推荐——这样的好电视不看终身遗憾。这让我也有逃一次自习课的冲动。一看之，大有醉过方知酒浓之感。初看之，杨家的铁枪已经无敌；再看之，江南七怪已是高深莫测，谁想到后来的牛鼻子老道丘处机的剑法是那般的高超。黄蓉一声娇嗔的"靖哥哥"，一下子叫软了自己的心，郭靖的一声笨拙憨厚的"蓉儿"，也唤起了内心的一份嫉妒来。东邪黄药师的无厘头，西毒欧阳锋的阴霾般的杀气，老叫花子洪七公的孩子气，还有他永远都吃着的那只烧鸡，都让我一下子陷进了金庸的江湖里。

于是晚自习时间，心里挣扎着，一堆作业，一派风光无限的江湖，一起挤到心头，一起争着轻重长短。最后还是大着胆子去看我的《射雕》。不解穆念慈的痴情，认贼作父的杨康有什么值得她去深爱；不解杨康，一份江湖的自由，难道不敌一个小王爷的称号？不解机灵的黄蓉，为什么却偏偏爱着一个有点憨厚过头的傻郭靖？而郭靖却不爱出身高贵的华筝公主，非要招惹东邪的爱女。心被这一切纠缠着，纠缠到梦里，梦里与郭靖一起大漠射雕，引弓如月，纵马驰骋……

从那片江湖里回到学习中来，耽误了很多作业，满心无限的悔意，发誓不再相忘于江湖，而是向着大学方向努力。但是到了晚上七点半，《铁血丹心》旋律一起，一切皆可以放下，去看我的《射雕》。那天，我分明看到班主任也在那里看《射雕》。同学们彼此相视一笑，一种天经地义之感涌上心头，于是我一直看到了武林的盛典——华山论剑。由此后，我也陷进一派旖旎的江湖里，曾无数次地梦想着自己一身白袍，仗剑天涯，英雄救美，除暴安良。一次次神游后，发现生活依然如故，自己既不能除暴，也不能安良，更不能救美，所能做的只能是拼命地准备着高考——背历史，背地理，背着可恶的英语单词。

到了大学，金庸先生的作品还难登大雅，课堂上没有谁去讲这些成人的童话，课上读鲁迅，读柳青，课下还是愿意在槐北路的书摊上寻租金庸的作品。租《笑傲江湖》来读，我也从刀光剑影的情节里走出来，看到了那些所谓名门正派正义之后的虚伪与龌龊，邪教老大的邪气里透出的正义与善良，这让我感到江湖已经不甚分明，多少所谓的掌门追求着盖世武学而不择手段，放弃廉耻天伦。倒是令狐冲在一番血雨腥风后，吟唱着一曲《笑傲江湖》，去寻找一方武林之外的田园。原来金庸大师，借着一方武林，管窥着这人间世道啊！

一口气租完金庸大师的所有作品，兴致不减，余味难尽，渴望着大师运笔，再续江湖。但却得到了大师封笔的消息，这笔封得可真是恰到好处啊！

一日，同寝室的老四抱着一本书大声宣布，他租到了金庸的新作。大家一拥而上，争相观瞧，细看之下署名竟然是"全庸"。大家嘲笑着老四的眼神，心却在惊喜和失落的波峰波谷里瞬间挪移，唏嘘不已。此后，我在书摊上还见过署名"金康""全康"的武侠大作。摊主大声喊着："租书了，金庸的武侠新作啊！"

教书后，中学的《语文读本》里，收录了金庸先生的《倚天屠龙记》的一个章节，作为学生课外阅读的补充。我还是给学生精讲了这个章节，也知道了文学的天地里有了金庸武侠的一块领地，心里涌起了对青春无限不舍和一丝经典武侠作品登堂入室的欣慰。

深秋时节，枫叶流丹，大漠苍凉。大师仗剑远行，从此不见，但大师笔下的江湖不朽！

骑着单车出行

在这个私家车已接近普及的时代里，我独爱骑单车出行。喜欢听单车轮胎和地面磨出的沙沙声响，喜欢在无风的天气里享受骑车带来的那份清凉，喜欢这种耗费自己体力的绿色出行。一句话，我喜欢自己创造的这份不合时宜。

非典时期，为了躲避被非典传染的那份恐惧，我便选择了骑单车出行。随后便慢慢地喜欢上了骑车，这一骑就是九年。尽管单位有四辆高档的通勤车，我一般不去坐。偶尔遇到下雨、下雪的日子，出于安全的考虑，在妻子强烈要求下才去坐通勤。总觉得那个封闭的空间里，少了自由，多了局限。空调吹出的凉风和热气，生硬而死板，像是现今严酷世俗中的冷眼，又像是商家为了某种商业目的而表现出的过度热情。

还是骑咱的单车吧，上班时永远没有怕起不上通勤的焦虑，下班也没有怕被通勤扔下的匆忙，一切尽在掌握，从容自在。

同事的私家车多了，单位停不下了，有的已经被挤到了单位门口，而我却可以为我的单车找一个鸟语花香的驻足地。下班时，收下同事驾车离校时的自豪的眼神；路途中遭遇扎胎，得到同事停下车或略带嘲弄、或略带同情的问询，我都一笑了之，修好车，自信地蹬着单车继续前行。

　　我慢慢地发现属于自行车的车道宽了，汽车呼啸着从身边驶过。却又在各个路口排着焦急的长队，等待着红绿灯的禁锢和特赦。上百米的车流里弥漫着焦躁和谩骂。而我只需一尺许的空间便可以通过，也将那条汽车长龙丢在身后。

　　骑单车的日子里，有风也有雨。在阳光明媚中出门，中途便阴云密布，雷电交加，仓促间没有雨具可用，被淋了一个透彻，于是到一个加油亭里避雨。雨下得很疯狂，没有暂停的意思。此时雨中传来了一个高亢男声，唱着崔健的《一无所有》："我总是问个不休，你何时跟我走……"只见一位壮汉在风雨中光着脊梁高唱快行。见我避雨，便送来了自嘲地一笑，又好像是在邀请我和他一起风雨兼程。于是我一用力，驱车进入了雨中。

　　此时，想起了苏东坡的《定风波》，"莫听穿林打叶声，何妨吟啸且徐行，竹杖芒鞋轻胜马，谁怕？一蓑烟雨任平生。"风雨中苏学士还披着一件蓑衣，而那位前行的壮汉不是几乎在风雨中裸奔吗？相较于他，自己是不是缺少一份自由和奔放？已经湿透了全身，我还顾忌什么呢？

　　记得"非诚勿扰"节目中有这样一次对话：相亲的男嘉宾问心仪的女士，在以后的日子里，愿意不愿意和自己骑着单车出行？女嘉宾的回答成了当年最流行的"名言"：那我还是坐在宝马车里哭吧！我想，这一起骑单车的愿望不完全代表夫妻同苦的生活，更表现了男嘉宾心中男女平等的观念。是"你挑水来我浇园"的朴素情怀。而心中愿意从属于金钱，愿意含着泪水屈辱生活的人，还有什么值得爱恋的呢？

　　还记得扬州的瘦西湖畔，可以租到自行车，有单人的，也有双人的。常看到青春年少的男女，身背一个小小的旅行包，沿着湖岸的石板路，骑着单车缓缓地驶过，在江南的烟雨中，双起双飞。便觉得他们也是瘦西湖的一种风景，就自然而然地想起了晏几道的词句："落花人独立，微雨燕双飞。"

常说往事如烟，而今世事如电，社会快得让人有点晕眩。总觉得自己跟不上时代，或者是自己喜爱抱残守缺，固守着一份内心的宁静。在别人开车都腻味的时候，自己还是骑着单车在道路上慢慢而行。但我独爱这个节奏，我愿意在自由的节奏下尽情地欣赏路边的风景，带着我那颗晴朗的心，自由地行走在天地之间……

遇见

金毛

我爱上走步是从一个冬天开始的,两年来从未停步,累积里程已经可以走到广州。每天早晨六点出门,走向距家最近的公园。

每天在公园门口,我总会遇见到一位年过花甲的妇女,一头银发,盘在头顶,白皙的额上,细细地耘着几条浅浅的皱纹,知性得让人对她的身份禁不住去猜想。

她带着她的金毛散步,金毛步履蹒跚,艰难地挪动着步子,像是得了脑血栓的病人。她挽着绳索,像是挽着老伴儿的手,走在朝霞漫天的早上。

"你家的狗狗多大了,刘老师?"一位似乎和她认识的人问道。

"十七岁了,相当于人类九十多岁了!"她自豪又略带一丝哀怨地说,"老伴儿活着的时候喜欢小狗,就抱养了它。"

每天走过，见面的次数多了，我都是像熟人一样向她及她的金毛点点头，带着一份赞许和敬意，偶尔也问候一下：早上好！

一个春雪漫天的早上，我依然去公园，去积攒我的步数。在公园门口，漫天的大雪里，这位老妇人依然牵着她的金毛慢慢走着，像是一对亲人。雪地里留下了一行歪歪斜斜的足迹，苍茫的天地间，似乎只有她们。

再次点头致意："这大雪天您还出来了！"

"到五点钟金毛就挠门，必须出来遛遛。"

大雪覆盖着春天的一切，也厚厚地积在金毛的身上，挂在老妇人的围巾和睫毛上。老人牵着金毛，金毛拖着艰难的步子，在风雪中慢慢地走去……

今年春天已经过去了一大半，我再没有见到金毛和它的主人。

广场舞

每次走到公园的时候，都能看到大妈们在跳广场舞。

在公园的南面，每天早上六点钟，一个带轱辘的硕大的音箱播放着王二妮和阿宝的《张灯结彩》。喜气的节奏里，一群中年妇女跳着一种接近摇滚的舞蹈。大妈们大多是刚刚迈进五十的门槛儿，对这样的节奏有着身体的承受力和审美的接受力，似乎用这样的节奏宣示着自己还不老，还很少兴。

教舞蹈的是一个皮肤黝黑干瘦干瘦的老妇人，那面容绝对是整天在田间劳作，被风吹日晒而成。头发已经花白，略显凌乱，像是将全部身心投入到了舞蹈事业里，没有一点时间打理一样。

"腿要伸直，屁股要摆起来，跟上曲子的节奏！"领舞者用沙哑的嗓音，祈使的语气讲解着要领。

"你们怎么回事儿，讲了好几遍了，怎么还做不到位？"她用严厉的语气纠正着大妈们的动作。

"这是收费吗？"我问一位身边的围观者。

"不是，免费的！她是个扫大街的，退休了，年轻时候喜欢跳舞，这不就自己跟着视频学跳舞，然后教给大家。她和我家住一个单元！"围观者似乎还嫌介绍得不够，语气里是满满的钦佩。

在公园的五环雕塑下，也有一队舞者。年龄都过了花甲，女士居多，女士们皆一袭长裙，一头银发，打理得整整齐齐。

一个插着优盘的小小音箱，放着轻缓的舞曲。他们跳着曼妙的慢三、慢四一类的交谊舞，在舒缓的音乐里，慢慢地舞动。我突然觉得这本该在舞池里跳的舞蹈，在自然的鸟语花香的氤氲下，有着接地气的美。

一曲终了，她们三三两两地耳语着。一曲伊始，她们又结对起舞，似乎这个世界里只有舞蹈。

此时此处，鸟语婉转，花香袭人。

而在公园东部的一棵合欢树下，有一个人在跳广场舞。

一位四十岁上下的女子，身体已经发福，显得极其的丰满。身体将衣服撑得几乎没有了皱褶，随时有被撑破的可能。旁边的手机里播放着《鸿雁》，在悠长的旋律里，她翩然起舞——那是一段纯正的蒙古舞。虽然身段和舞姿已经不很匹配，但一看手、眼、身、法、步，便知道有着多年的舞蹈功底。歌曲悠扬，她近乎肥硕的手臂依然婉约，翩然像是鸿雁的两只舞动的翅膀。

很多人驻足，去欣赏着一个人的广场舞。舞者似乎没有意识到围观者的存在，完全陶醉在自己的舞蹈记忆里。

一曲终了，她满头大汗，坐在台阶上，静静地，似乎在回忆一段辉煌的过往。

这几年，公园是舞者的世界。

散步夫妻

记得2020年秋天的时候，我初遇一对散步的夫妻。他们有四十多岁，丈夫有点谢顶，白皙的皮肤，浓眉，戴着一副薄边的眼镜。妻子一头短发。我倒是觉得一肩长发更适合她的气质。她穿着一身合身的毛料衣裙，将身材的优势突出得非常到位——看上去像是某大学的教授，一身的书卷气！会让人想起李清照来。

妻子挽着丈夫平端着的一只手臂。丈夫一条腿迈出，一条腿才赶上来，像是赵丽蓉的小品《英雄母亲的一天》中母亲买菜进门的动作。丈夫一侧的嘴角，微微地向下，一缕垂涎不受控制地流下来。妻子用一块纸巾轻轻地拭去。丈夫的眼神里闪过一丝的尴尬和愧疚。妻子眼中则是满满的关怀，故意不去看丈夫的眼睛。

他们以公园里行走者的最慢的速度慢慢地走，妻子总是就和着丈夫，时不时地还要凑到丈夫的耳边说着什么，接着便会心地微笑起来。

一对年轻男女，女的着红色的运动装，白色的运动鞋，扎着马尾辫；男的一身黑色的运动装，时尚的短发。他们健步轻盈地从这对夫妻身旁跑过，那马尾辫一摇一摇的。

丈夫停下一走一顿的脚步，望着这对年轻人慢慢地跑远，消失在视线里，过了很久，才又一步一顿地走起来。

我每次看到他们散步，总是对他们的身份做多种假设——是某个科研单位的业务骨干，在科研攻关的时候，累倒在了工作岗位上；是某行政部门的领导，太多的应酬，让脑溢血发作；是一位见义勇为的勇士，在一次见义勇为时大脑受了伤害……

直到现在，我还每天遇见他们。他们每天从公园的林荫路上相依走过，一步步走向他们所希望的状态。

拾荒老人

2020年春天，在一个海棠盛开的早上，我遇见了一位拾荒老人。

一排海棠树开得热情洋溢，开得轰轰烈烈，开得亮丽夺目。打开手机，我抓拍着宋词里的意象，婉约到了心里。

忽然听到了呼呼啦啦的声音，环顾四周，起初没有发现什么。后来才发现这声音是从一个大大的垃圾箱里传来的。仔细一看，在垃圾箱的投放口上，一个人上半身几乎扎进了垃圾箱里，她（他）重心平衡到了极限，随时会一头扎进去。我下意识地想去按住她（他）的双腿。此时，她（他）却艰难地从垃圾箱里拔出上半身，手里拿着两个矿泉水瓶子，一脸收获的喜悦。

噢——，是一位70多岁的妇女，古铜色的面庞，刀刻般的皱纹，突出的颧骨，塌陷的两腮，干瘪的嘴，灰白的头发，乱蓬蓬的，手像是开裂的老榆树皮，手里拿着一个蛇皮袋子，鼓鼓囊囊的，那是她今早的收获。

由于头朝下的时间太长，她坐在地上大口大口地喘着气，过了一会儿，气顺畅了，她才将两个矿泉水瓶放进蛇皮袋子，顺手将别人丢在垃圾箱外面的垃圾捡起来，投进了垃圾箱。然后背起她的收获，沿着盛开的那排海棠树伛偻而去。

"谁家的老人啊，孩子这等不孝。"在公园锻炼的人开始评价了。

"也不一定，我单位的同事将乡下的父母接到了家里，父母闲不住，就去小区捡垃圾，若不让就回老家去了。他家的老人说'不能吃饱了就等死吧！'"有人回复着。

我继续走，积攒自己的步数。大好的春光，已经不能吸引我的注意，我执着地想：老人是生计所迫呢，还是延续她的劳动习惯呢？还是……

一个早上的行走，我获得了既不兴奋也不低沉的心情，看到了生活的另一种色彩，另一种况味！

第六辑　一枕书香

既然是命运，又何必抗争

小时候觉得，孔明智慧得那般潇洒——轻摇羽扇，淡泊从容中一切都尽在掌握，似乎他的头脑里盛放着用不完的智慧锦囊。

而今重读，觉得个体的智慧，如果放在命运的框架里，无论这份智慧多么光鲜，最终还是要被命运涂上悲剧的底色。

读《三国演义》，心中有一个解不开的心结——绝伦的智慧，只能获得一定时间和空间的主动，在历史长河里，智慧只是一个技术层面的操作，既不能改变自己的命运，也不能改变历史的进程。所以智者孔明得到了一个鞠躬尽瘁死而后已的结局，智慧的灵光里，透出了对命运的不甘和无奈。细读《三国演义》，罗贯中在诸葛孔明出场的那一刻起，就给他构建了一个宿命的框架，而孔明也就是在这样一个命运的框架里，竭尽智慧，描绘着宿命而悲剧的人生轨迹。

看一出古装戏，一个大将出场，总要有四个龙套提前烘托铺垫一番，锣鼓家伙地一通渲染，才会出场，出场了还要用水袖遮挡着面孔，待自我报名以后，才掀开水袖，博得一个碰头彩。《三国》也是一场大戏，主角卧龙的出场也需有人来垫场。于是刘备夜宿司马徽家，借着水镜先生的口，铺垫了孔明的智慧："卧龙、凤雏，两人得其一，可安天下。"口头的衬托显得有点虚，于是就让化名单福的徐元直用实际的行动来陪衬。在徐元直的才能已经让刘备佩服的五体投地之时，曹操却挖了玄德公的墙角。临行徐庶走马荐诸葛。刘备问询诸葛亮的才能时，徐庶用了一组恰当的比喻："以某比之，譬如驽马并麒麟，寒鸦配鸾凤耳。"智者之智，巧借他人之口，其才便如雷贯耳。出山的孔明，也不失时机的放了两把火，火烧博望，再烧新野，得到了一个满堂的碰头彩。此后的孔明便自如地挥洒着他的智慧：草船借箭、巧借东风、火烧赤壁、三气周瑜、设计空城、木牛流马，那智慧已经成为中国民间最精彩的段子，常挂在人们的嘴角。如果我们也有一个奥林匹斯神系的话，智慧之神的冠冕，一定要戴在孔明的头上。

但古人讲究定数，且万事万物皆有定数。

刘玄德马跃檀溪，造访了水镜先生的府邸。水镜先生也回访了新野县。得知徐庶引荐了诸葛孔明。于是仰天大笑："卧龙虽得其主，不得其时，惜哉！"水镜先生的话，似乎给孔明的命运定下了悲情的调子。徐庶把诸葛亮推荐给刘备后，曾经去过隆中，劝说诸葛亮辅佐刘备，诸葛亮闻言，竟然怒了："君以我为享祭之牺牲乎？"智者的痛苦在于知其前因，也知其后果。于是诸葛孔明便隐居山林，高卧隆中了。而当其不得不走出山林，站在历史的风口浪尖的时候，他们只能用不屈的抗争来为智者正名。

我觉得蜀汉后期的孔明是个抗争于命运的人。北伐的战略前提已经丧失：关羽大意失荆州；刘备为了兄弟之情，愤然伐吴，使得蜀国元气大损。这一切让孔明的七出祁山成为一支孤军的北伐。这就是定数吧，这份天意让智慧显得苍白而落拓，悲壮而无奈。抗争无果，于是便开始祈求。五丈原诸葛禳星，读着孔明的祈词，不觉潸然。"伏望天慈，俯垂鉴听，曲延臣算，使得上报君恩，下救民命……"不屈于命运，甚至可以祈求于上苍，只为一份知遇之恩，只为一份心中的理想。我常觉得，无论是伟大的智者还是芸芸众生，命运都是刚性地折磨他们的心灵，让其在命运前显得无助，也显得无奈。

说到这里，我们回避不开一个哲学问题——命运是奋斗的踪迹呢，还是在一个定好的框架里徒劳的抗争呢？我们在年轻时，意气风发地抗争着，试图改变或者创造着命运；而在不惑之年里，我们臣服着命运的安排，坦然地面对生活中的一切，也就是孔子说的四十不惑。其实生活就是时而不甘，时而坦然；时而抗争，时而祈求。这样的一份纠结，不只是折磨着我们这些凡夫俗子，也同样桎梏了诸葛孔明这样的智慧之人。

命运到底是个什么东西呢？当你看中了生命结果时，命运是你的对立面，而当你看中了生命的过程时，命运就是充实的人生。再读《三国演义》，觉得不管诸葛孔明的人生是个什么样的结局，我都喜欢这个抗争着命运的智者的人生。

其实，即便是命运，也要抗争！

乱世里的一段轰轰烈烈的爱情

《三国演义》是一部男人戏，在狼烟四起中也写了几位奇女子。她们被动地承担着军事和政治作用，让一部阳刚的戏里平添了一丝阴柔的色彩，如早春时一树苍劲的寒梅，虬枝曲干上，点缀着几点疏落的梅朵，如貂蝉、孙尚香等。

貂蝉是没有得到爱情的。她作为一个王侯将相府中的歌妓，只是王司徒手中的一个政治筹码而已。而今再读凤仪亭的相关章节，觉得貂蝉身上有一种舍生取义的豪情："近见大人两眉愁锁，必有国家大事，又不敢问，今晚又见，行坐不安，因此长叹。"待王司徒说出了自己的连环计后，貂蝉果决地说："大人勿忧，妾若不报大义，死于万刃之下。"以后的日子里，貂蝉将王司徒连环计演绎到了极致。我们也见识了貂蝉这位乱世红颜的镇定和决绝。可见叹由忧愁起，不为女儿情。一个大户家的歌妓心忧天下事，言语中有了不让须眉的豪情。

喜欢老版电视剧《三国演义》中对貂蝉结局的处理，在吕布杀了董卓之后，貂蝉便飘然而去。我想导演一定是借鉴了《吴越春秋》中西施和范蠡的人生结局,让貂蝉在摆脱了政治风雨后,有一个圆满的人生归宿,这也算是献身国家后的一点回报吧。而在《三国演义》里,罗贯中没有忘记貂蝉:吕布被曹军围困在下邳穷途末路之时,借酒浇愁,貂蝉还陪伴在身侧,只是不知道下邳城破后,这一缕香魂归向了何处?

老实说,我一点也不喜欢罗贯中给貂蝉安排的归宿!

一场政治阴谋,成就了《三国演义》里唯一的一场轰轰烈烈的爱情,阴差阳错里让人感到了生活的无奈和迷离。再读刘备东吴招亲的段子,觉得孙尚香是为了爱情而生,也是为了爱情而死的。赤壁鏖兵后的这场爱情,是轰轰烈烈的,不亚于赤壁的那场战火。尽管这份爱情起因是周郎自鸣得意的一个计谋,但她偏偏喜欢上了刘备的枭雄气质。一个从小就既爱红装也爱武装的女子,爱上一个在沙场拼杀了半生的大叔,即便在当今也算是一桩时尚的婚姻吧。

孙尚香的爱情起初是一个诱饵,是将刘备骗到江东的借口。而孔明却将其张扬成了一场尽人皆知的婚事。无奈的孙权只能将妹妹嫁给了刘备,想用这温柔之乡,软化刘备心中匡扶汉室的抱负和理想。此时,兄妹之情较之于政治利益,显得苍白而无足轻重。婚后的日子里充斥着复杂的政治博弈,而她只是将作为表象的爱情摘出,让其属于自己。

婚后,孙尚香享受着属于一个女子的幸福。刘备也在赵云的提示下才想起他的荆州。一个尚武的孙尚香却表现出妻子温柔的一面:"妾已侍君,任君所之,妾当相随。"于是利用自己的地位,义无反顾地帮助刘备离开了东吴这个是非之地。这里没有一点政治诉求,有的是一个女子对家庭生活的求取。在那个年代里,这就是一份伟大的爱,高于荆州的归属,显得坚定而从容。

其实在政治家眼里,爱情是廉价的。因此孙尚香很难坚守她的爱情阵地。孙权假借其母生病3次将其骗回江东。母女情深怎可以不回呢?带上自己抚养的阿斗吧,因为她也舍不下自己照顾了几年的孩子,但是阿斗被赵云截走，自己也被哥哥软禁在江东。孙尚香试图用人间常情去理解政治，得到的永远是冷冰冰的现实。其实，爱情在政治面前又算个什么呢？以政治为目的的婚姻，在政治利益的绞杀中，爱情只能被夹在中间，并被夹得稀碎，这一切紧紧地挤压着一颗善良的心——我可以想象孙刘两家在猇亭激战时孙尚香内心的煎熬，无论谁取得这场胜利，她注定是一个受伤的人。

猇亭之战的消息传来，讹传刘备已经死去。孙尚香驱车到江边，望西遥哭，投江而死。"我住长江头，君住长江尾，夜夜思君不见君，共饮长江水。"当不能相守时，留着思念也好，当思念也消失时，这个世界也就没有必要留恋了。《三国演义》里有许多评价诗，我读小说时习惯略去，但是唯独喜欢写在枭姬祠上评价孙尚香的这一首：

先帝兵归白帝城，

夫人闻难独捐生。

至今江畔遗碑在，

犹著千秋烈女名。

这便是伟大的爱情，坚贞就在这里。

这又让我又想起了蔡琰，"戎羯逼我兮为室家，将我行兮向天涯。云山万重兮归路遐，疾风千里兮扬尘沙。"这是蔡琰《胡笳十八拍》里的诗句。蔡琰满腹经纶，能制鸿篇巨制，一曲《胡笳十八拍》，已经千古。她是有家庭的，但是未必有着爱情，而我觉得一位才女子应该有一份完美的爱情。

生于乱世的蔡琰，其父被王允所杀，她流落匈奴，嫁给了左贤王。我不知道她和左贤王的结合是怎样的一种境况，总觉得是落难时的无奈选择。她为左贤王生儿育女，在那个游牧社会里有着自己的地位，那就过着这样的生活吧，因为这生活之于乱世而言，也是不错的人生归宿。可是曹操还是将她接了回来，并为她组建了新的家庭。曹操也在征汉中时亲自到家里去拜访，可谓有了不低的地位。而我经常想，归汉的蔡文姬，你与董祀生活可还幸福？

读袁枚的《随园诗话》，书中记载了山西榆次县令两句诗："拔刀割肉目眦裂，太平时羊乱时妾。"其实乱世的红颜犹如待宰的羔羊，总是让人唏嘘不已。以前读《三国演义》，觉得貂蝉只是王司徒连环计中起色诱作用的一个歌妓，而孙尚香也不过是周郎自鸣得意的美人计中的一个道具而已，而蔡文姬则是为了大汉王朝的颜面，不得不抛夫舍子，成为了一件包办婚姻的木偶。而今再读，倒是觉得貂蝉拥有一份须眉般的浩气，蔡琰具备了可以流传千古的文气，但从个体角度来说，我更喜欢孙尚香对爱情的那份痴气！

战火里的几段田园往事

  小时候读《三国演义》，最喜欢烽火连天、金戈铁马的场面，大一点儿就喜欢上了通观全局、游刃有余的政治智慧。尽管老人们一直谆谆告诫：少不看《聊斋》，老不看《三国》，但是《三国》作为我一部枕边书，在中年的日子里，却读出了另外的味道来。

  大学毕业时，写关于《三国演义》的论文，总是想，为什么刘关张结义要安排在一片桃林之中呢？是历史的真实还是作者的刻意呢？《三国演义》里，对这桃园的描写，只是借了张翼德之口："吾庄后有一桃园，花开正盛。"只是一个"盛"字，未多着一字，可是那片亮丽的桃红，在东汉末年的血雨腥风中，见证了一份改变历史的至死不渝的兄弟情义。

  每每读到此处，总觉得罗贯中的笔下缺少一份柔情，要是在这里对桃花多写上几笔，在战火硝烟里，不也是有一份刚柔兼济的美吗？但是又想，这也够了，虽未多写桃园，但是读者在心里已经种下了千万棵桃树，因为这次结义是用桃园做的定语。就是这片桃园，让读者的心获得了片刻的闲弛。

在《三国演义》里，我们再寻觅到这样的一份闲弛是在这部巨作的中段。刘玄德马跃檀溪，躲过了蔡瑁的追杀，邂逅了隐者司马徽。刚才还被追杀的刘备，见到了这样的一番天地："架上堆满书卷，窗外盛栽松竹，横琴于石床之上，清气飘然。"此情此景，我若是玄德公，定会放弃这血色的江湖，留下来与司马老先生为邻，松竹之下读一卷书，石床之上抚一琴曲，岂不更好？何必过着寄人篱下、亡命天涯的日子呢？然而这样的一份田园之美，没有映在刘玄德公的眼中，而是留在了"卧龙凤雏是谁"的问题上。

且不说刘玄德关注什么，读者在读过《三国演义》前半部后，在章章见血，页页狼烟里，心始终随着那一场场的刀光剑影而狂跳，也只有这样的一段文字能让紧张的心舒缓下来。一份有张有弛的美，尽管这份美只是这部浩瀚巨著里的一行文字！

读到这里，似乎觉得这份战火中的闲弛还是不够的。接着读下去，果然还有一段更为闲弛的文字。

回望历史，建安十二年的冬天是平静的，动荡的社会似乎也在寻觅一个舒缓的时间节点，没有什么大的战事值得载入历史。也没有什么重大的政治事件让人回味。在徐庶的提示引荐之下，刘玄德去了隆中。

"行数里，勒马回望隆中的景物，果然山不高而秀雅，水不深而澄清，地不广而平坦，林不大而茂盛。猿鹤相亲，松篁交翠。"

我知道，为了孔明的出场，罗贯中用司马徽、徐庶、崔州平等多人铺垫，而这个山雅水秀、地平林美的地方，也是罗贯中为一代智者出场搭建的背景。羽扇纶巾的孔明，只有生活在这样一个人杰地灵的地方，才匹配得上"智绝"这样的称呼吧。

罗贯中对自然景物的描写，此次最为"奢侈"。不像写桃园时只是一个"盛"字，如果桃园的描写，让人觉得在东汉末年的那段血雨腥风的历史里尚存一丝的烟腾火气的话，那么司马徽的小院里，则让读者紧绷着的心，得到了短暂的平复，像是让人歇歇脚的十里长亭。而隆中的盛景，是可以让神归东汉的读者，暂避战火硝烟，迈着方步，去那里度过一个短暂的假期。

"文武之道，一张一弛。"张弛之间有着一种节奏变化之美。总是抱怨《三国演义》过于"紧张"，可另一想，一部被誉为战争史的巨著，想来也很难"松弛"下来。而在历史的踪迹里，在东汉末年的岁月中，已经难有这样可以让人松弛的时空了。有时我也想，若我生活在那个时代里，是学司马徽的隐逸呢，还是学崔州平的闲散？也常想这几个可比肩孔明的高人，可在乱世中苟全了性命？

闲读枕边书，伴着中年的岁月重读名著，读着读着，在《三国》这曲宏大的战争交响乐里，听到了一小段轻快的调子，体会到了这部名著张中见弛、弛中有味、亦张亦弛的美。

林教头的爱情

再读《水浒传》的时候，我读到了爱情。

《三国演义》是一部男人戏，但是不拒绝爱情戏份。里面有刘备与孙尚香惺惺相惜的真诚，有周公瑾与小乔郎才女貌的浪漫，以至于多年后周公瑾和小乔的爱情，也让苏轼艳羡不已。而《水浒传》是拒绝爱情的，里面的女子要么是出轨女潘金莲、潘巧云一类，要么是外宅小三儿阎婆惜、金翠莲之类，要么是女汉子孙二娘、顾大嫂、扈三娘之类。总之，女性的形象值普遍不高，不是红颜祸水，就是杀人女魔头。因此有人说施耐庵的妇女观是落后的，带着对女性深深的歧视！

但是细读《水浒传》中关于林冲的章节，发现林冲拥有一份梁山其他好汉所没有的爱情。这份爱情也让林冲有了一份牵挂，有了很多隐忍，这份爱情让林冲行走江湖、混迹官场，显得很不从容、很不淡定！

林家娘子出场是在相国寺上香，林冲亲自陪同拎包，要知道即便是在当今，有几个丈夫愿意陪着太太逛街呢？可见林冲夫妻两情相悦，心心相印。人往往会被自己挚爱的事儿所困，林冲也不例外。看到鲁智深高超的武功，林冲溜号了，去和鲁智深论剑、喝酒，才给了高衙内这个官二代可乘之机，也为林冲的命运埋下了隐患。

自古当差不自在，自在不当差。林冲人前显贵，乃八十万禁军教头，岂不知他的上头还有一个因踢球好当了领导的高俅。其实球踢得好与麻将打得好，鱼钓得好，桥牌打得好没有什么本质的区别，关键是陪好了上级，也就当了领导。在普通人眼里，林冲也是人五人六的，可是在高俅眼里就是一个随时可以被捏死的小蚂蚱而已。这也正常，在上司眼里，下属多是奴才，你还真不能争取什么人为伍的！

即便林冲这样有一定地位的人，也遇到了辱妻之恨。一般来说，有些官二代兼富二代是无所不为的，高衙内敢欺负林冲的妻子，便足以证明自古亦然。林冲对高衙内的行为只是举起拳头、瞪瞪眼睛而已。而当着鲁达的面，别人欺负了自己的老婆，总得找个台阶吧。我得佩服林冲的直率：

"高太尉的衙内，不认得荆妇，时间无礼，林冲本待痛打那厮一通，太尉面上须不好看。自古道：不怕官，只怕管。林冲不合吃他的请受，权且让他这一次。"

林冲隐忍的理由很充分、也很坦诚：首先高衙内调戏自己的妻子是不认识，认识了当然会给林某一点薄面。但是后来高衙内没有给林冲什么面子，而是变本加厉地置林冲于死地。其次高衙内的老子是我的上级，我从人家那里领取工资，还房贷，打点应酬，随份子，养活一家老小。正所谓"不怕官，只怕管"，人在屋檐下，不得不低头啊！

有人说林冲此时该给娘子出头，自我解嘲显得很窝囊，但是细想，能让林娘子不受伤害，做到了起码的保护，其实林冲也只能做到这里。林冲也相信，只要自己在，谁也不敢动他家娘子。

的确如此，所以高俅、高衙内才会设计陷害林冲，只有砍倒林冲这棵大树，才可以霸占林娘子。林冲中计，误闯白虎堂，刺配沧州。岳父张教头送别，林冲忍痛写下了一纸休书。倒不是林娘子做了什么有违妇道的事儿，而是自己身为八十万禁军教头，而今已是罪囚，也知道高俅不会善罢甘休，自己生死未卜，怕耽误了林娘子的青春前程。每次读到这里，都感慨林冲的磊落——写休书是为了林娘子好，林娘子决不答应是因为夫妻情长。当婚姻不只为自己考虑，而是千方百计地为对方设计时，这休书便是一份爱情的宣言书，宣示着一份坚贞爱情的存在！

似乎休书一封，便可毫无牵挂。其实落难的林冲分分钟都想念着林娘子。在梁山泊火并王伦之后，林冲自觉有了一个落脚的地方，思念起在京城的妻子来。晁盖也派人到东京城去接，怎奈林娘子已经被高衙内逼迫自缢而死，张教头病故，丫环锦儿招赘了女婿在家里生活。林冲听后潸然泪下。一位顶天立地的汉子，掉下了泪水，可见爱之深，思之切。这份爱有担当，有责任，有始有终。从此后，人世再无牵挂，林某便可白马长枪，驰骋江湖，去杀他个干干净净也！

难得施耐庵在写林冲时写了这样一段感人的爱情故事。或许作者的写作目的不在于此，但是我还是看到了难得的一份真情。在传统的英雄观里，儿女情长有损于英雄的形象，但是无情未必真豪杰，有情有义才丈夫。梁山好汉不缺江湖之义，缺少的恰是这样的一份人间的真性情。而这份爱情足以证明林冲确是一位有情有义的真英雄！

以草为歌

一

在历史的长河里，人们以草为歌。

商亡后，曾经苦谏商纣王的箕子被周武王册封到了朝鲜，他告别大周，路过殷墟，断壁残垣里杂草丛生。作为商朝的旧臣，箕子很想对着殷墟大哭一场，但是在周朝的天下里，这哭声会带来某些政治风险，若为之泣下，又难免有妇人之态，于是满腹惆怅中的箕子轻吟了一曲《麦秀》：

> 麦秀渐渐兮，
> 禾黍油油。
> 彼狡童兮，
> 不与我好兮。

曾经的繁华，化作了一片良田沃土。万物葱茏的状态反衬着这位商代老臣的悲情。这是最早的起兴吧，早过《诗经》里那片苍茫的蒹葭，而那片蒹葭映衬的是个体的爱情，而这片禾苗，却陪衬着不可言表的亡国之悲。尽管此时的箕子有自己的封地，虽偏安于苦寒一隅，但箕子的心里仍然涵养着对故国的怀念。

风过处，麦浪滚滚，禾黍有香。此地是大商朝的龙兴之所，承载过青铜的繁华，有着甲骨文的厚重，而今却麦秀渐渐，一派荒芜。鼎盛还不遥远，但已物是人非，于是箕子悲吟一首《麦秀》，来祭奠曾经的过往。

此时在强大的周朝面前，箕子的歌声恰如一片飘舞的雪花，有着无限的诗意，但又无足轻重。两千年后，重读《麦秀》，依然可以感受到一位商朝老臣的拳拳赤子之心。在这赤子之心里，麦秀渐渐，禾黍油油！

历史在轮回，几百年后，西周的镐京在犬戎的铁蹄践踏下，在周幽王戏弄诸侯的烽火狼烟里，变成了一片废墟，长成了一片黍地。曾经的社稷圣地，重蹈了殷墟的覆辙。

历史用一种宏大的叙事结构，编辑一个似曾相识的情节。只是剧本的主角换成了周大夫行役。行役经过荒废的镐京，瞻顾曾经的王朝，但见"彼黍离离。雉飞兔走。"历史的长河的主脉从河岸的东侧转向西方，涤荡着曾经的繁华，也将一份与箕子相同的情感唤起，吟唱出一首千古的《黍离》：

　　彼黍离离，彼稷之苗。行迈靡靡，中心摇摇。知我者，谓我心忧；不知我者，谓我何求。悠悠苍天，此何人哉？

　　彼黍离离，彼稷之穗。行迈靡靡，中心如醉。知我者，谓我心忧；不知我者，谓我何求。悠悠苍天，此何人哉？

彼黍离离，彼稷之实。行迈靡靡，中心如噎。知我者，谓我心忧；不知我者，谓我何求。悠悠苍天，此何人哉？

重章叠唱，以草为歌，只因离离黍麦之地，曾经是皇皇庙堂。风吹黍麦，中心摇摇，摇荡着一位大周臣子的心。多想借黍酒一觞，求大醉一场——"知我者，谓我心忧，不知我者，谓我何求。"只求有知音在侧，能读懂这《黍离》之歌。

我突然觉得能读懂行役的只有箕子，若历史的时空可以穿越，如果箕子能来到行役的旁侧，箕子的眼神里一定没有对大周王朝没落的欣喜，而是一种对历史轮回的敬畏。

残阳如血，凉风阵阵。风过处，黍麦潇潇。箕子吟唱着《麦秀》，行役吟咏着《黍离》。相顾无言，只有彼此理解的眼神。这歌声以一片黍麦为背景，苍凉而悲壮。

吟咏罢，相视大笑，笑声在黍麦间回荡，在历史的时空里回响！

"叹黍离之愍周兮，悲麦秀于殷墟。"悲歌一曲，从此流传，三代时的两位老臣将几株麦草、几根黍苗种在了人们心里。从此卑微的草，便能烘托一份愁绪，即便是芳草也只能凄凄。

历史在轮回中行走，千年后，一位南宋的原创歌者姜夔，来到曾经繁华的扬州，谱写了一首《扬州慢》。

扬州也称广陵，而广陵也常让人想起嵇康的那首《广陵散》，就凭借广陵散这几个字，就能体会到这首曲子的大气与洒脱。《广陵散》又称《聂政刺韩傀曲》，似乎和扬州没有直接的关系，但是我一见扬州，便想到了广陵，也就会想到这首曲子。

扬州曾经是唐朝的"迪拜"，需要"腰缠十万贯，骑鹤下扬州"。富庶中带有仙境的美。李白在黄鹤楼送他的偶像孟浩然去扬州，也曾赋诗一首，题为《黄鹤楼送孟浩然之广陵》，看来李白更喜欢广陵这个名字，但诗里他用了扬州——"故人西辞黄鹤楼,烟花三月下扬州。"烟花三月的扬州,在盛唐的气象里,在大运河的波光里,景是何其的美,民又是何其富足也!

而此时姜夔眼中的扬州,已经毁于宋金的战火。

淳熙丙申至日,予过维扬。夜雪初霁,荠麦弥望。入其城,则四顾萧条,寒水自碧,暮色渐起,戍角悲吟。予怀怆然,感慨今昔,因自度此曲。千岩老人以为有"黍离"之悲也。

我喜欢读姜夔这首词的小序。生于北方的我,没有感受过南方的冬天,没有见过江南的雪,所以我无数次在头脑中勾勒着"夜雪初霁,荠麦弥望"的意境——在江南的雪里,荠麦青青。这是何等的冷寂,冷得让人觉得盛唐的繁华是那样的不真实,像一个久远的传说。

曾经的淮左名都,春风十里之地,而今夜雪凄凄,荠麦青青!在我读过的所有写扬州的诗歌里,姜夔笔下的《扬州慢》是最冷寂的,冷在了江南的雪里,冷在了凄凄的荠麦里,也冷在了二十四桥上的那弯残月里。

但在我心头挥之不去的还是扬州城外的那青青的荠麦!

依然是以草为歌,只是姜夔让桥边的红药前来陪衬,乐景哀情里有着一份黍离的悲叹,以草为歌,歌亡国之悲,吟丧地之痛,一份沉重的家国情怀,却用卑微的草高高地撑起。

哦——还是以草为歌吧,因为草已长在了歌者的心里!

二

在一堂诗歌鉴赏课上,一位学生问我:老师,为什么芳草在古代诗人笔下都蕴含着满满的愁绪呢?其实我懂那年轻的心思,长满花草的土地，应该烘托着浪漫的爱情，怎么会和愁绪搭边呢？我对他说：当你被愁绪所困扰的时候，是不是觉得心里长了草呢？

初中的时候学《诗经》里的《伐檀》和《硕鼠》，觉得那就是《诗经》的全貌，满满的阶级仇恨，找不到一点诗的柔软。后来在大学里，读到了全本的《诗经》，才知道《小雅》《大雅》里有着典雅的字节，《诗经》里的草是那样具象——蒹葭里有爱情，荇菜里有劳作的辛苦，薇草中有服役的悲悯……

当愁绪脱离了宏阔的历史叙事框架时，草便进入了心灵的无限空间。人们依然以草为歌，这草笼统而概括，在人们的心里不加节制地疯长，在枯荣之间无限地轮回。

小学的时候学白居易的一首小诗：

离离原上草，
一岁一枯荣。
野火烧不尽，
春风吹又生。

课本上的标题是"草"，老师说这首小诗，赞扬了小草顽强的生命力。到了初中才知道，小学时学得是断章，白居易以草为歌，去送别一份友情：

远芳侵古道，
晴翠接荒城。
又送王孙去，
凄凄满别情。

在长满芳草的小路上，送别了一份旷古的离情，此别后，离情如草，年年重生。离情漫天，离情亘古！

从此后，我理解了草为什么要长在心里。

赋闲在家的贺铸，邂逅了一位芳龄女子——"凌波不过横塘路，但目送，芳尘去。锦瑟华年谁与度？"虽然只有擦肩而过的缘分，却唤起了词人无限的遐想与闲愁，于是他便用婉约的旋律，以草为歌：试问闲愁都几许？一川烟草，满城风絮，梅子黄时雨。

歌声里的闲愁一下子变得那么的清晰，变得具体而微，变得无穷无尽。总觉得那一川烟草，胜过李煜的那一江春水，因为离离之草，用生命的轮回，充满了愁绪的时空。

初中的时候，看电影《城南旧事》。多年后记忆的内存里还保留着英子那清纯的眼神，还有那首《送别》旋律：

长亭外，古道边，芳草碧连天。晚风拂柳笛声残，夕阳山外山。

当时并不知道这是李叔同先生的大作，但是很喜欢它由短及长的节奏，也曾大胆地设想，"芳草碧连天"的意境，应该是故乡大山里白草英英的样子吧，觉得这样的意境好于《城南旧事》的设定。

以草为歌，歌兴亡，卑微的草撑起了千古的悲叹、万古的愁情。于是在时光的流逝中，草携着愁情入歌，渐渐地成为了一种文化传承，只是这个传承慢慢地少了局气，囿于个人的小情怀里，长在了一代代文人的心里。

但是从另一个角度说，心何尝不是一种大境界呢？